ハーレクイン文庫

炎と燃えた夏

ミランダ・リー

小長光弘美 訳

HARLEQUIN
BUNKO

THE MILLIONAIRE'S MISTRESS

by Miranda Lee

Published by Harlequin Japan, a Division of K.K. HarperCollins Japan, 2016

炎と燃えた夏

◆主要登場人物

ジャスティン・モンゴメリー……大学生。
アデレード・モンゴメリー……ジャスティンの母親。
グレイソン・モンゴメリー……ジャスティンの父親。財政コンサルタント会社経営。
トム……モンゴメリー家の庭師。
トゥルーディ・トゥレル……ジャスティンの友人。
マーカス・オズボーン……マーチャント・バンク頭取。
ステファニー……マーカスの元妻。

1

自分の行為にいら立ちを覚えながらも、彼は離れた場所から女の様子を目で追っていた。彼女は若い男たちとプールの中で、はしゃぎまわっていた。男たちの熱い視線を存分に楽しみながら、相手かまわず派手にたわむれている。

プールの若者たちと同じで、彼もまたその女から目が離せなかった。褐色がかった長いブロンド、青く輝く瞳、そして笑いのこぼれる魅力的な口元を、じっと魅入られたように凝視していたのだ。

しかし彼女の笑い声は、ふざけた若者に水の中へ引き込まれると同時に消えた。水面から咳《せ》き込みながら顔を出した彼女は、濡《ぬ》れた豊かな髪を後ろに払うと、若者たちにくるりと背を向けてすねたように泳ぎ出した。そして、はしごまでたどり着くと、つんとしたそぶりで体を引き上げた。水がその体の輝くばかりの完璧《かんぺき》な魅惑の曲線を、一気に流れ落ちる。

プールを出ると彼女は頭を傾け、ひとまとめにした髪を前かがみになって軽くしぼった。

ビキニがわずかにゆがみ、胸が今にもこぼれ出しそうだ。

体が思わず反応してしまい、彼は悪態をついた。彼女は自分が求め、かつ軽蔑《けいべつ》する対象そのものだった。はつらつとした上流階級の金持の娘。あふれる美貌《びぼう》、手に入れたいと思わずにはいられない体、そしてわがまま放題の性格。

名前は知らなかった。知る必要もない。ティファニーか、フェリシティか、ジャクリーンか。いや、もうひとりのステファニーかもしれない。

どんな名前だろうと関係なかった。彼女など、どうでもいい。問題は、自分がいまだにこの手のタイプに惹《ひ》かれてしまうことにある。

まったく、僕はどこまでばかなんだ。

彼は暗いため息をついた。来るんじゃなかった。中身のないパーティはもう卒業したはずだ。今はそれ以上のものを望んでいる。だが、ここでは見つかるわけもない。

彼は近くのテーブルに飲み物を置き、窓を離れてパーティのホストを捜した。

「まだ宵の口じゃないか」大切な客に帰ると言われ、フェリックスは強い口調で言った。

「すみません。今週はずっと忙しかったもので」

「銀行のトップとはいえ、働きすぎだぞ」

「おっしゃるとおり」

「力を抜くことも覚えないとな、マーカス」余計な忠告をする。「もう少しいたらどうだ。

あと一杯やってくれ。モンゴメリー家の娘にも紹介しよう」

「モンゴメリー家の娘？」

「ジャスティン・モンゴメリーさ。さっき熱心に見てたじゃないか。責めているわけじゃない。彼女はまるで桃だよ。熟れて今が収穫どきだ」

ジャスティンか……。

彼女にぴったりの名だ。名前からして本人同様に気取っている。熟れて収穫どきとは……。マーカスは白けた笑いを抑えるのに苦労した。この世のジャスティン・モンゴメリー・タイプに幻想は抱けない。どうせとうの昔にもぎ取られ、手から手へと渡り、あらゆる方法で食べつくされたに決まっている。

この十年あまりで、どれだけ彼女のような女を見てきたことか。しかも、そのうちのひとりとは結婚までしてしまった。

思い出すと小さく震えが走った。

「いや、フェリックス。ミス・モンゴメリーのような女性は、離れて眺めるのがベストですよ」

「ステファニーとのことで悲観的になるな。みんながみんな、ああいう軽薄な女とは限らんさ」

「ありがたいことにね。でも女というにはミス・モンゴメリーは若すぎる。せいぜい二十ーでしょう」

「そうとも。だが、それがなんだね。ステファニーだって君と結婚したのは二十一のときだったろう」

「確かに」そっけなく答えた。

「つき合ったところで結婚することはないんだ」

「ええ、それはもう、よくわかってます」

「いや、そうじゃない。あの娘を父親で判断するなと言いたいんだ。グレイソンが道徳観念のない男でも、娘のほうはなかなかどうして魅力的《スウィート》だぞ」

マーカスは冷たく笑った。「甘《スウィート》すぎますよ。僕はもう少し……熟れてない桃のほうがいい。まあ、どこかでミス・モンゴメリーに再会したら、そのときは、あなたの言葉を思い出しましょう。じゃ、僕はこれで。明日は朝一番に役員会の予定なんです」


ジャスティンはシルバーのニッサン二〇〇SXスポーツを二台分のガレージに入れると、シャッターを下ろし、父の駐車スペースに車がないのを見て眉をひそめた。日曜の夜中にいったいどこに行っているのかしら。土曜ならまだわかる。たいてい競馬仲間と遅くまでポーカーに興じているし、帰らないまま日曜のゴルフに出かけることも珍しくないからだ。でも日曜の夜は、母のために予定をあけているのがふつうだった。ジャスティンは考え込んだまま助手席から鞄《かばん》を降ろし、裏の階段から寝室の並ぶ二階に駆け上がった。母の部屋のドアの下から明かりがもれている。立ち止まってそっとドアをノックした。「ママ、起きてる？」

「起きてるわよ。どうぞ」

アデレード・モンゴメリーは積み上げた枕《まくら》にもたれ、片手にベストセラー小説、片手にかじりかけのチョコレートという格好でベッドに座っていた。顔にも髪にも気を使っているので、五十七歳という年齢にしてはまだまだ魅力的だ。それでも、かつて均整の取れていたその体は、ここ数年で中年太りの域を超えていた。更年期が早くきすぎたからだとか、ホルモン療法のせいだとか、彼女はいつも何かに原因を押しつけては、自分の体重を嘆いている。

「だめじゃない、ママ」ベッドの脇《わき》に大きなチョコレートの箱を見つけてジャスティンが言った。「今週からダイエットを始めるんでしょう？」

「そうよ、明日からね」

「パパはまだ？」尋ねながら、両親の四柱式の大きなベッドに体をのせる。

「それがまだなの。帰ってきたらママも注意しようと思って。夕食には戻れないって電話をくれたときに、遅くなるかもしれないとついでに言ってくれればいいのに。私が心配性じゃなくてよかったわ」

母は確かに心配性ではなかった。心配しないのは、母が何に対しても責任を負っていないからだ。家族の代表は、どんな場面でもグレイソン・モンゴメリーだった。家の切り盛りに、使用人の雇い入れや解雇。父が万事を定め、すべての請求書に金を支払う。母娘とも父の仕事の詳細にはうとく、知っているのは、彼が大きな財政コンサルタント会社を経営していて長時間働いているということだけだった。

ハンサムでカリスマ性のあるグレイソンは、妻と娘を物質面で大いに甘やかしたが、その実、妻とも娘とも、ゆっくり時間を過ごすことはなかった。

兄がいたら、父とどんな関係を築いていただろうと、ジャスティンはときどき考える。しかし、アデレード・モンゴメリーの初めての子供は成長しなかった。彼女の愛する息子は、わずか十カ月で突然死してしまったのだ。ジャスティンが収集した噂《うわさ》によると、当時の母は息子の死にショックを受けて、もう二度と子供は産まないと誓ったらしい。

それから十年近くたってジャスティンが生まれたが、アデレードはすでに〝心配しない性格〟を確立していたので、途方もなく子供に甘い、能天気とさえいえる母親になった。ジャスティンには好き放題が許された。一度赤ん坊を亡くしたあとだったら、神経質なほど世話をやくのがふつうなのだろうが、アデレードはまったく反対だった。

しょっちゅう家をあける父親と、放任主義の母親。ジャスティンはまるきり規律というものを知らずに育った。学校では見事というくらい、次々に落第点を取った。だが、男子生徒のひとりにかわいいだけの能なし呼ばわりされたのを発端に、彼女は高校卒業前の半年間、勉強に専心した。驚くほどの好成績を取った彼女は、おかげで家のあるリンドフィールドからさほど遠くない大学に進学することができた。

心躍る大学生活も、もう三年が過ぎていた。クラブというクラブに参加し、仲間と遊び、ジャスティンは最高に楽しい毎日を送った。ところが、派手なつき合いがたたり、試験のほうはまた落第点ばかり。実を言えば二年留年していた。今年の初めに彼女が学部の一年を再履修する登録をしようとすると、学部長からは専攻を変えたらどうかと言われた。でも何も思いつかず、三度目のチャンスを頼み込んだ。満面の笑顔が効いたらしく、意外にあっさりと認められた。

うれしいことに、今年は学部長の期待を裏切ることもなく、自分でもうまくやれたという自信があった。最後の試験が今週終わって、今はようやく二年になれるその日を、心待ちにしているところだ。

「パーティは楽しかった？」母親がぼんやりときき、チョコレートをかじって本のページを繰った。

「ええ、まあね。いつもの顔ぶれだったし。でも、自分の車で行ってよかったわ。ハワードが送りたがってたのを断れたもの。彼にはほんとに困ってるの。一、二度デートをしただけで、もう恋人気取りなんだから。せっかくプールで楽しんでいたのに、後ろから水中に引っ張り込んでビキニを取ろうとするのよ。もう頭にきたわ。いやなのよ、ああいう扱い方をされるのは。彼の態度を見たら、誰だって私たちがもう一緒に寝てるんだと勘違いするわ」

　アデレードは本から顔を上げてまばたきした。「なんて言ったの。あなたが誰かと寝てるって？」

　ジャスティンはため息をついた。大学の教授全員と寝たと言っても、母はきっとのんきな顔をしているだろう。でも、母を霧の中から追い出すほどのショッキングな出来事だって、いつかは起こるはずだ。

「違うわ、ママ。ハワードとは寝てないの。ハワード・バースゲート」母がきょとんとしているので名前をくり返した。

「ああ、あのバースゲート家の坊やね。彼と寝てないですって？　それはびっくりだわ。あんなにハンサムなのに。でも、確実に気を引くにはいい方法だわ。寝ないこと。それが一番。彼のお父さんは大金持だし、ハワードはひとり息子だもの」

「ママ、私はハワード・バースゲートと結婚する気はないの！」

「あら、どうして？」

「だって、あんなにずうずうしくて横柄なちび」

「そう？　かなり背は高かったと思ったけど……まあ、あなたの好きにしなさい。そのうち別の人が現れるわ。あなたみたいな女の子は男の人が放《ほう》っておかないもの」

「どういうこと？　私みたいな女の子って」

「だから……」アデレードは軽い調子で答えた。「お金があって、独身で、セクシーってこと」

最後の言葉を聞いて、ジャスティンは耳を疑った。ふつうの母親なら、かわいいとか、愛くるしいとか、きれいとか言うものだ。私だってばかではない。毎日鏡を見ていれば、自分の外見が魅力的なのはわかる。でもセクシーですって？　自分をセクシーだと思ったことは一度もない。なぜなら、あまりセックスに関心がないからだ。友人たちの女性ホルモンが年々活発になり、自分もたくさんのボーイフレンドとつき合ってはみた。だが、キスとちょっと体に触れるくらいがせいぜいだった。

というより、それより先に行けないのは、自分がそのちょっとした愛撫《あいぶ》にさえ嫌悪感を抱いているからだ。荒い息をついて抱き合ったりする、ああいう行為のすべてがいやだった。ごそごそと熱い指で胸を触られたり、湿った唇で体中にべたべたとキスされることを想像しただけで、おじけづいてしまう。

最初のデートのとき、ジャスティンはいつも相手にはっきりと告げていた。今日のおしまいに私をものにできると思っているのなら、別の人を探してちょうだいと。食事をおごられたり、映画に連れていかれただけで体を許す気はさらさらない。真実の愛だけが、そういう親密で不快な行為の重荷を軽くしてくれる、とジャスティンは高尚に理由づけていた。

今どきの女性にしてはひどく珍しい考え方だが、その反面、人づき合いは派手で、招待やエスコート役にはこと欠かなかった。セックスがもたらしそうなごたごたや精神的な痛手とは無縁の、楽しさいっぱいの毎日だった。恋人たちとの悲惨な話は、どの友人からも聞かされている。

正直なところ、セックスは大切なものというよりトラブルの種だとジャスティンは思っていた。

もちろん、違う意見を持つ友だちの中にはやっかいな人もいる。トゥルーディといって、通りを二つはさんだところに住んでいる長年の親友だが、彼女は男とセックスが大好きだ。つい先週も彼女に、あなたにだって、そのうちたくましくてかっこいい男が現れて、あっという間にベッドに連れていかれちゃうから、と自信を持って言われた。

そんなことあるわけがない、とジャスティンは鼻であしらった。断言してもいい。そんな相手は百万年にひとり現れるかどうかだ。男らしい魅力にあふれていて、知識が豊富な人。ハワード・バースゲートとは似ても似つかないような人。ああもう、金輪際、ハワードのような男性とはつき合いたくない！

いつものように、容赦ない速さで頭からハワードのことを追い払うと、ジャスティンは両親のベッドからさっと立ち上がった。「ホットココアを作ってくるけど、ママも飲む？」

「ママはいいわ。太るもとだもの」母は真面目《まじめ》そのものの口調で言い、またミルクチョコレートを口に放り込んだ。

ジャスティンは笑いをかみ殺して部屋を出た。母はまったく救いがたい。けれど、悪意のかけらも持たない愛すべき人だ。この性格がどう違っていてもいやだっただろう。子供を心底愛していながら、干渉はしない。そんな母の娘であることが、どんなにすばらしいか。なんでもやりたいようにやるのがジャスティンは好きだった。大好きだった。

優しい気持になって顔をにこにこさせながら、ジャスティンは大きなカーブを描く階段をスキップで下りた。彫刻の施されたマホガニーの手すりに触れていると、この磨き抜かれた、ありがたいほど頑丈な手すりに、手より重いものまですべらせた昔を思い出す。不安のない、叱《しか》られることもない、なんてすてきな子供時代。甘やかされて育ったと言う人もいるが、ジャスティンはそうは思わなかった。彼女は自分をシドニー一、ひょっとしたらオーストラリア一ラッキーな子供ではないかと思っていた。

玄関のベルが鳴ったのは、彼女が最下段から大理石の床に、ぴょんと飛び降りたときだった。一瞬ぎくりとして立ちすくんだ。こんな夜中にいったい誰だろう。妙な不安を覚え、ジャスティンはいつになく慎重にドアへと近づいた。

「どなたですか」緊張のあまり、鋭い口調になる。「警察です」

ている。

警察！　ああ、神様……。

ジャスティンは急いでチェーンを外してドアを開けた。ポーチに二人の制服警官が立っているのを見ると、血の気が引いた。彼らの深刻な表情が、楽しい用件ではないと告げている。

「ミセス・モンゴメリー？」年長の警官が眉根を寄せてきいた。

「いえ、母は二階で休んでます。私は娘ですが、なんでしょう？　もしかして父に何かあったんですか？」

警官が視線を交わすのを見て、ジャスティンは目の前が揺れ始めた。しっかりしなさいと自分に言い聞かせる。ママにはあなたの支えが必要なのよ。

「死んだ……んですね」そうとっさにきいていた。頭の中で声のない叫びが響いた。

警官は悲しげにうなずいた。「残念ながら」

「交通……事故で？」声が詰まった。だからスピードを出しすぎるなって、あれほど注意してたのに。

すると、警官二人は前よりさらに意味ありげな視線を交わし、ジャスティンは身を固くした。

「その……実は、交通事故ではありません。私としましては……」

「教えてください！　真実が知りたいんです」

年長の警官はため息をついた。「心臓発作でした。歓楽街にある店で。男の人が……いわゆる……楽しみのために行くところです」

ジャスティンは後ろへと体が揺らぐのを、ドアをつかんでこらえた。信じがたい知らせに、目を見開いて相手の顔を凝視する。「つまり、こういうことですか」ゆっくりときいた。唇が乾ききっていた。「父は風俗店で死んだと？」

警官は痛ましいほど当惑し、言いづらそうに口を開いた。「まあ……そうです。びっくりなさるお気持はわかります。何しろ……」

「どなたがいらしてるの？」

警官が言葉を切り、ジャスティンは振り向いた。

ガウンのひもを結びながら、アデレード・モンゴメリーが階段を下りてくるところだった。困惑して、ふっくらしたきれいな顔をしかめている。「何か悪いことでも？」少女のような声が不安げにきいた。玄関に警官の姿を認めた母は顔の色をなくし、目には恐怖とパニックを浮かべた。両手でガウンの胸元を握りしめたかと思うと、危なっかしく体が揺れた。「そんな、まさか、グレイソンが……」

ジャスティンは母が気絶する直前に走り寄り、抱きとめた。彼女にはわかっていた。これからは、何もかもが今までのようにはいかなくなると。

2

「下宿屋ですって！」母はぞっとしたような声をあげた。「ママの家を下宿屋に変えるって言うの？　だめ、だめ。絶対に許しませんよ、ジャスティン。お話にもならないわ。ママの友だちがどう思うか」

「どう思われたっていいじゃない」ジャスティンはいら立たしげに言葉を返した。「都合のいいときだけくっついてた人たちばかりよ。その友だちとやらが、最近どれだけ電話をしてくれた？　何人ここに来てくれた？　何度家に招待してくれたの？　もちろん、みんなお葬式には来て、陳腐な慰めや励ましの言葉をかけてはくれたわ。でも私たちがお金持でなくなったと知ったとたん、あっという間に離れていったじゃない。まるで、ママと私の額に突然〝貧乏につき近寄らないこと〟って書いてある貼《は》り紙でも見たようにね」

「ジャスティン、大げさに考えすぎよ。つい昨日だってアイヴィから招待状が届いたわ。今週の土曜に開かれるフェリックスの五十歳の誕生パーティよ」

それがおそらくトゥルーディの仕業だろうとは、ジャスティンも言わずにおいた。アイヴィはトゥルーディの母親だ。そもそも招待状の届いたのが妙に遅かった。昨日がもう水曜。きっとトゥルーディが招待客リストから彼女たちが抜けているのを見つけて、母親に二人を招《よ》ぶようにと言い張ったのだ。

ジャスティンはアイヴィ・トゥレルが大嫌いだった。彼女は鼻につくほどの俗物だ。夫だって負けてはいない。保険のセールス業で財産を作ったフェリックスは、自分の利益になりそうな人しか家に招ばなかった。当然ながら、裕福なモンゴメリー家の人間は常に招待客リストに入っていた。それももうすぐ終わりね、とジャスティンは暗く考えた。

「みんな悲しみを乗り越える時間をくれているのよ」母はいつもの薔薇《ばら》色の眼鏡を通して世間を見ている。「私たちはそんなに貧乏でもないわ。それに、まだたった二カ月ですもの。あなたのパパの……あの人の……」言いながら乱れたままのベッドの端に座り込み、膝の上で両手をきつく握りしめる。「お葬式から」苦しそうに言い終えた。

ジャスティンは母の隣に腰を下ろすと、うなだれた彼女の肩に優しく手をまわした。

「ママ、現実を見なくちゃ。これまでつき合っていた人たちに比べたら、私たちは本当に貧乏なのよ。そうね、この家と家財はまだ厳密には私たちのものだわ。でも、もう収入がないの。それにパパの遺《のこ》した五十万ドル近くの借金があるし」

母は悲痛な声を張りあげた。「あんなにあったお金はどこに消えたの？　ママの両親は、死んでからママにひと財産遺してくれたのよ」

「パパが使ってしまったわ。ある意味ではママと私もね。たくさんお小遣いをもらっても、そのお金の出どころなんてきかなかったでしょう。お金の管理はしないし、働きもしない。なのに、こんな生活を当然と思っていたのよ」ジャスティンはシルクの生地や年代物の家具が詰まった豪華な寝室を、手でぐるりと示した。

「グレイソンはあれこれきかれるのをいやがったわ」母はおずおずと弁解した。

ジャスティンは母の手を軽く叩《たた》いた。「わかってるわ、ママ。わかってる」

「何かきけば、いつもかっとなって……」

ひどい人。ジャスティンは苦々しく考えた。愛し、尊敬していた父だったが、今では本当の姿を知ってしまった。妻と娘の預金口座を満たしていれば、夫と父親の立場は安泰だと思っている優しいパパではなかった。実際には、家庭をまったくかえりみない、得意の愛想を振りまいて女性を追いまわしているような男だったのだ。

父が母と結婚したのは、愛ではなく財産のためだったのだろう。グレイソン・モンゴメリーの強欲ぶりは、その女好きに劣らずひどいものだった。父が死んでから耳にした悪い噂《うわさ》の中に、彼が投資の相談に来た裕福な年配の未亡人たちを利用していたというのがあった。少しずつ未亡人の気を引いて遺言状の財産受益者になり、受け取った金を次から次へと彼が浪費していたというのだ。

事実だろうとジャスティンは思った。今の悲惨な財政状態を見れば、父の本性は明らかだ。どんどん派手になる生活を破綻《はたん》させまいと、父はこの数年でめぼしい財産をすべて現金化していた。ギャンブルざんまいに加え、定期的に高級コールガールと遊んでいたのだから、さぞかしお金がいったことだろう。彼は生命保険もかけておらず、残ったのはこの家を抵当にした莫大《ばくだい》な借金だけだった。車も、父のジャガーと母のアストラはすでに支払い不能で回収されていた。ジャスティンのニッサンだけは支払いがすんでいたが、これも処分は避けられない。来週にはもっと安い小型車に買い替える予定だった。

「本当に全然お金はないの？」母は涙ぐんだ。

「ないわ。パパの取引銀行は損失を回収するために家を売るって言ってきてるの。向こうは本気よ」

母の目に涙があふれ、両肩が震え出した。「ここは私の家なのよ。六十年前、私のお父様が結婚したときに買った家よ。私はここで生まれて、ここで育って、思い出も全部ここにあるの。家まで手放すなんて……耐えられない」

母の気持はよくわかった。祖父母が亡くなってから、ここはジャスティンの家でもあったのだ。彼女だって売りたくはない。でも誰かが真剣に考えなくては。現実を見据えて、お金をなんとかするための行動を起こさなくては。

ジャスティンも母と同様、今まで何不自由なく過ごしてきたから、父の死後は楽ではなかった。けれど不思議なことに、逆境に置かれて初めて、ジャスティンはそれまで知らなかった自分の強さに気づいた。その強さのひとつが、自分をあわれんでも何も始まらないという意識だった。「そうよ。だから守りたいの」彼女は断固として言った。「下宿屋を始めるしか方法はないのよ。それでも、負債額を減らすために家財のいくつかは競売にかけなくちゃならないわ。私がおばあ様に譲られた分から始めるつもりよ。相当な額になるはずだわ」

夫の生前の行動からも、死んでからの仕打ちからも、母は今日までただただ目を背けていた。何も見ないでいれば、そのうちすべてが丸くおさまるとでもいうように、真剣に考えることを避けている。

ジャスティンは母が現実を直視して、受け入れようとするのを見守った。だが、やっかいごとを無視する母の性癖は、残念ながら思ったより根が深い。

母は現状を見つめるどころか、意固地《いこじ》に反抗し出した。「おばあ様からもらったものを手放すの？　だめです！　許しません！　ママが明日、銀行に行って話してくるわ。説明すれば、向こうだってママとあなたが仕事について借金を返せるようになるまで待ってくれるはずよ」

ジャスティンには母のうぶさが信じられなかった。働いた経験のない五十七歳の女性を、いったいどこの誰が雇うだろう。私のほうにしたって、見通しの暗さは大差ないのに。

「いい、ママ？　私たちには資格も経験もないの。若い分、私のほうはいくらかチャンスがあるかもしれない。でも職場は限られてるわ。運よくブティックとかスーパーで働けても、そこの給料くらいでは焼け石に水なの。残る望みは、自分たちで何かすること。ママと私がこの寝室を一緒に使うとして、寝室はあと五つあるでしょう。パパの書斎も、気持のいいソファベッドがあるから寝室にできるわ。大学はすぐ近くよ。学生に食事つきで六つ部屋を貸せば、かなりのお金が入ってくるわ」

「だけど料理やお掃除は誰がするの。使用人には先週辞めてもらったのよ」

「二人でやるしかないわ、ママ。料理人を雇う余裕はないもの。掃除夫も、それから庭師もね」

「まあ、トムは置いてあげて」母は反論した。

「いいえ、トムもよ。ママ、うちには本当にお金がないの。今週は電気代の請求が来たし、電話代はクリスマス前から未払いのままで、この週末までに払えなければ回線を止めると言われているわ。その請求書の支払いや食料を買うために、今日は少し私たちの持ち物を売ってこないと」

　アデレードはびくりと顔を上げた。目には悲痛な表情が浮かんでいる。「おばあ様の宝石はだめよ」

　ジャスティンはため息をついて立ち上がった。「あとのことはわからないけど、ええ、しばらくは売らないわ。どうせわずかな値段で買い叩かれるんでしょうし。考えたんだけど、車にどっさり服を積んで、ブランド物を専門に扱う古着屋に持っていくのはどう？　まずはイブニングドレスから」母が唖然《あぜん》としているので言い添えた。「だって、これからディナーパーティや派手な催しへのお誘いが、そうあるとは思えないでしょう」

「フェリックスの誕生パーティは？」母はとたんにだだっ子のようになった。「招待状には正装でって書いてあるのよ。ドレスを全部売ってしまったら、何を着ればいいの」

「わかったわ。じゃあ、ママも私も二着ずつ残しましょう。そうなったら、代わりに普段着を売ることになるわね。靴やバッグも一緒に。ママの分は私が見て選びましょうか、それとも自分で選ぶ？」

アデレードは左右に首を振った。「ひどすぎるわ、こんなこと。私たちはどうなってしまうの」

「下宿屋の計画を買ってもらえたら、そうひどくもならないわ。明日の金曜にその人に会う予定なの」

母は守ってあげたいと思わせる、あのぽかんとした子供っぽい表情で視線を上げた。

「その人？」

「銀行の人よ。家を売るように言ってきている銀行じゃないわ。低利の事業融資を専門にしているマーチャント・バンク。トゥルーディが知り合いの融資担当者を紹介してくれたの。苦しむ乙女には優しくしてくれる人なんですって」

トゥルーディの言葉は、実は少し違っていた。「ウェードはね、女となると見境がないの」とトゥルーディは言った。「ものにするためならなんだってやるわ。この間、大晦日《おおみそか》のパーティで会ったんだけど、彼ったら、ちょっとしたお楽しみと引き換えに今年は何人に用立ててやっただとか、自慢げに話すのよ。自分の大胆さを感心してほしかったみたい。でもなかなかのお手並みだったわ。彼の好みから言って、あなたも融資を受ける資格は大ありよ」

「私はそこまで困ってないわ、トゥルーディ」融資の代償に体を許すなんて、考えただけでぞっとした。そんなの売春と変わらないわ！

「誰も本当に寝ろとは言ってないわよ、ジャシー。まあ、私なら興味本位でやったかもしれないけど」トゥルーディはいたずらっぽく笑った。「ウェードはすっごくいい男なの。でもわかってる。あなたみたいに、真実の愛を待っている人には途方もない考えよね。だから、あなたは色気とお世辞で、その悪人の色男をいい気にさせるだけ。つまり、融資をすればすばらしい見返りがあるって思わせるの。あなたの容姿を前にしたら、彼はもう骨抜きよ。書類にペンを走らせながら、頭はしっかり下半身にいってるわ」

「だけど、私が彼に応《こた》えなかったら？」

「そりゃあ、かんかんになるでしょう。でも上司に報告はできないわよ。そこの銀行の頭取は、自分の地位を利用して女性の体目当てに融資をするような行員を許せる人じゃないの。これは本当よ。マーカス・オズボーンといって、私も会ったことがあるから。パパが何度か家に招んでるのよ。どんなときでもあなどれない人。怖いくらいな野心家なのに、曲がったことはいっさいしない。そんな人にたくらみがばれたら、ウェードは即刻放《ほう》り出されちゃうわ」

放り出されて当然だと、そのときジャスティンは思った。今だって同じ気持だ。といっても、彼女に残された道は好色なウェードに会いに行くか、家が売却されるのを黙って見ているか、どちらかひとつだ。頼れる銀行は、もはやどこにもない。片っ端から電話をしてみて、先週一行だけが会いましょうと言ってくれたが、下宿屋の計画を話すと文字どおり笑い飛ばされてしまった。

その笑い声を思い出して、ジャスティンは決意を固めた。明日の朝十時、私はウェード・ハンプトンのオフィスに行く。家を守るためならどんなことでもやってみせる。自分をおとしめる必要があるなら、そうする。やっかいなプライドを捨てるべきなら、それもかまわない。頭を下げて頼み込まなければならないのなら……。

ううん、頭なんか下げないわ。いくらなんでもそれはやりすぎよ。やりすぎと言えば、その相手と寝ることだって。ああ、考えるのもいやだわ。

「何を着ていくつもりなの」母がきいた。

「え?」

TSUTAYA BOOKS

TSUTAYA BOOKS

「銀行に行くときの話よ。何を着ていくの？」

「さあ。考えてなかったわ」

「じゃあ、考えなさい。上品できちんとした服を売ってしまう前にね」

〝上品〟という言葉が、なんだか皮肉だった。明日、ジャスティンが頑張って身につけるのは上品さではない。オフィスに入った瞬間からウェード・ハンプトンを混乱させようと思うなら、上品な格好ではだめだ。派手な色の、体にぴったりしたセクシーな服を着なければ。

ふと、ライムグリーンのドレスが頭に浮かんだ。それを買ったのは――これがいつも失敗なのだが――トゥルーディと買い物をしているときだった。彼女といると必ず変な服を選んでしまう。とはいえ、男性の気を一瞬で引きつける服を選ばせれば、トゥルーディは確かに超一流だった。

ドレスは二重編みの、体にぴったりしたものだった。襟ぐりこそつつましやかだが、丈の短さが驚異的な上、タイトスカートがヒップのカーブを挑発的に浮き上がらせる。実際に着たのは一度きりで、昨年の終わりごろ、大学の講義に着ていった。窮屈な机の下から日に焼けた長い脚を組んで外に出すと、かわいそうに教授の目は今にも飛び出しそうだった。

ウェード・ハンプトンの目も、やっぱり飛び出すかしら。

考えると不愉快だったが、与えられる側に選択権のないことは、もうよくわかっていた。彼女の生活のルールは変わったのだ。私は今、新たなゲームをしている。サバイバルというゲームを。

そう思うと、不思議にもやる気がわいてくる。決意を体中にみなぎらせて、ジャスティンは言った。

「さあ、ママ。下に行っておいしい朝食にしましょう。今日はたっぷりとやることがあるのよ!」

3

デスクの前に座ったマーカスは、その革敷きの表面をゴールドのペンでいらいらと叩《たた》いていた。視線が右手に持った書類の上を滑る。

彼にはあの青年のふてぶてしさが、今もって信じられなかった。反省の色も道徳心もまるでなし。その場で首を切って、推薦状も書いてやらなかったのに、けろりとしていた。

確かにあの男は裕福な家の出で、頼れる人脈もたっぷりある。そもそも給料などいらない男だ。のし上がるために、がむしゃらに働く必要はない。貧乏のどん底からはい上がって、困難の中で成功をつかみ取る必要もない。ウェード・ハンプトンにすれば、融資の仕事はただのお遊びで、家の財産を相続するまでの単なる暇つぶしにすぎないのだ。

ハンプトンのような人間は、自分たち以外の人間がどんな生活をしているか、まったくわかっていない。いい家柄に生まれついて、他人に従うということをこれっぽっちも知らずに育ってきている。

今朝、道徳心のなさを厳しく叱責《しっせき》したときでさえ、彼の横柄な態度はいっこうに改まらなかった。

ハンプトンが、ややもすれば事業のメリットでなく、クライアントの体の協力があるかどうかで融資を決めていると聞かされたとき、マーカスの頭にはかっと血がのぼった。自分の気づかないところで銀行の名に泥を塗られるのは、傷口に塩をすり込まれるのと同じだった。マーカスが何より大事だと感じるものがあるとすれば、それは自分の、そして銀行の名声だ。それなのに、職権を乱用して脅迫まがいの行為で女性をベッドに引き込んでいる行員がいたとは。

だが、ハンプトンの意見は違っていた。

「脅迫ですか?」その言葉をぶつけられた当人は、鼻で笑った。「脅迫なんかしなくても、女性はベッドに来てくれますよ。少なくとも二度目にはね」彼はにやりとした。「どこが悪いんです? みんなが満足してるんだ。僕も、ご婦人方も、それに、古くさいあなたの銀行も。僕が融資した金は、これまで全部返済されてる。仕事と楽しみの両立を罪だと言うのは、あなたのようなお堅い人間だけですよ。ほら、その格好。まるで葬儀屋じゃないですか。ふるまいも僕の祖父そっくりだ。あててみせましょうか。かわいい女性とベッドに入ったのなんて、はるか昔のことなんでしょう? まあ、僕の知ったことじゃありませんがね。今日の僕の面会相手も好きにしてくださいよ」きびすを返してすたすたとドアに向かう。「お世話になりました!」

それからたっぷり十五分がたっていた。秘書には人事部に事情を伝え、それからハンプトンの今日の面会相手のリストをプリントアウトするよう指示を出していたが、彼女はいつもながらすべてを手際よく実行してくれた。

いつもの力が出ないのはマーカスのほうだった。リストを手にしてもう五分はたつのに、名前に全然集中できない。ハンプトンに自分のセックスライフについてとやかく言われたことが、いまだに腹立たしかった。

最後に女性と愛し合ったのは本当にいつだったろう。はるか昔だ。その事実に気づいて、マーカスはいら立った。

いまいましさをぐっとこらえて、リストに視線を戻す。最初の名前を見たマーカスは驚きに目を丸くし、次いで眉根を寄せた。

ハンプトンの今日一番目の面会相手は、あのミス・ジャスティン・モンゴメリーだった。初めの驚きは好奇心に変わった。裕福なミス・モンゴメリーが、よりによってなぜ僕の銀行に融資を頼みに来るんだ？　うちが事業融資専門であることは承知のはずだ。金を借りて、いったい何に使うつもりなんだろう。

金持の結婚相手をつかまえるまで、暇つぶしにちょっとした店でも開くつもりだろうか。画廊、それともブティック？　しゃれたコーヒーショップか？

想像していても始まらない。事情を知りたければ方法はひとつだ。彼女と会ってきいてみること。

ミス・モンゴメリーと再会できる――それも自分に優位な状況で。考えると気持があやしく浮き立ってきた。ハンプトンがこの仕事のどこに惹《ひ》かれていたのかも、わかる気がした。女性――しかもはっとするような美人にまで恩義を売ることができる。自分の裁量で、その女性の望むものを、こちらの望むものと引き換えに与えることができる……。

退廃的なシナリオを一心に思い描いているうちに、マーカスの鼓動は速くなった。二カ月前の暖かい十一月の夜から、ジャスティン・モンゴメリーは彼の頭の中に住みついたままだ。あの夜彼は、プールから上がる彼女の裸同然の体を、こっそりと見つめていた。すばらしく長い脚に引きしまったヒップ、興奮をそそる胸元。完璧《かんぺき》な体は、今もそのすみずみまで思い出すことができる。

どうだい、彼女とベッドに入るのは？　悪魔が耳元でささやいた。

マーカスは、はじかれたように立ち上がると、ベストのポケットから時計を取り出して時間を見た。十時五分前。選択肢は二つだ。ミス・モンゴメリーをほかの融資担当に振って、改めて面会日を決めてもらうか、今から融資部に下りていって自分で彼女に会うか。

経験に裏打ちされた彼の危機回避の本能は、約束をキャンセルしろと告げていた。だが、顔を上げて、デスクを後ろから包み込む大きな半円形の窓に自分の姿が映ったのを目にした瞬間、ハンプトンの侮蔑《ぶべつ》の言葉が頭にさっとよみがえった。

窓に映る自分をにらみ返す。仕事と楽しみの両立を罪だと考える、真面目《まじめ》くさった格好の、尊大な堅物上司……。

その姿はだんだんに薄れていき、代わって現れたのは、融資の条件を提示するマーカスの前で、かわいい顔をびっくりさせているジャスティン・モンゴメリーだった。彼女を初めて腕に抱くところを想像すると、口の中がからからになった。最初の抵抗ぶりや、自分の胸で不安に打ち震える様子まではっきりと感じ取れる気がした。

そしてキス。

キスのあとは抵抗もしなくなり、彼女はうっとりと身をゆだねて、この腕の中で溶けていく……。

ズボンの中の張り詰めた痛みに現実へと引き戻されるや、マーカスは歯ぎしりをした。彼女の弱みを握ってベッドに連れていくなどという卑怯《ひきょう》なまねは、絶対にできない。わかってはいるが、想像せずにはいられなかった。ジャスティン・モンゴメリーを思いのまま腕に抱くという考えには、何か危険な魅力がひそんでいる。

彼の良識とプロ意識は、欲望がかかわってしまった以上、その娘に近寄ってはいけないと警告していた。しかし、わずか一階下で手招きしている興奮にかかっては、その警告もむなしいだけだった。

別に、彼女を悪い道に引き込もうというわけじゃない。マーカスは自分を納得させつつ、時計をポケットに押し込んで部屋を出た。何があろうと――世界一魅力的な美女を前にしようと――僕はそんな卑しい行為への誘惑に負けはしない。

ただし、悪い道に引き込もうとするのが、その世にも魅力的なジャスティン・モンゴメリーのほうかもしれないとは、このときのマーカス・オズボーンはまだ想像もしていなかった。

ジャスティンはエレベーターを降りながら時計を見た。十時五分前。

苦労して息を整え、頭を起こし、背筋をしゃんと伸ばして、前方に見える大きな受付デスクに向かった。あまり緊張する性格でもないのに、今朝はひどく落ち着かなかった。ここで逃げ出せたらどんなに楽だろう。でも逃げるのは問題外だ。この上、家まで失うとなったら、母がまた大きく気落ちすることは一目瞭然《りょうぜん》だ。ゆうべジャスティンは、ベッドで泣く母の声を聞いた。胸を打つその声を聞きながら、これが最後の手段なら、絶対に融資を認めてもらわなければと改めて心に誓ったのだ。

受付のきれいなブルネットの女性が、キーボードを叩く手を止めてジャスティンを見上げた。「何かご用でしょうか」ていねいな物腰できく。

「ジャスティン・モンゴメリーです。ミスター・ハンプトンと十時の約束になっています」

「ああ、ミス・モンゴメリーですね。承知しております。ウェードは今席を外してますが、じきに戻ってくると思いますわ。オフィスまでご案内します。そこでお待ちください」

ミスター・ハンプトンのオフィスは非常に小さく、オフィスというより小部屋だった。重厚さのまるでないデスク。その前に置かれた、ただひとつの椅子にジャスティンは腰を下ろして、融資担当者が戻るのを待った。脚を何度か組み直したが、どうやってもこれというポーズにならない。長い脚がむき出しになり、やはりひどく気になってしまう。生真面目に膝をそろえて座ってみたが、さすがに滑稽《こっけい》だった。

覚悟を決め、膝の上で握りしめていたバッグを椅子の足元に置いて、これでおしまいと脚を組んだ。スカートがきわどいところまでずり上がったが、気にするまいと心に決めた。ちらっと腕時計を見ると、十時一分になっていた。

その二分後、タイル張りの廊下をしっかりとした足音が近づいてきた。ジャスティンが振り向いたちょうどそのとき、ひとりの男性が入ってきてドアを閉めた。ジャスティンは目をしばたたかせながらも、今の驚きを悟られまいとした。嘘《うそ》でしょう！　この人がウェード・ハンプトンなの！

とにかく、もっとずっと若い男性だと思っていた。なのに三十代も半ばとは！　トゥルーディの好みは概して若い美形だった。かわいらしい顔をして、髪は長めで、目がいたずらっぽくくるくると動く。最新流行の服に身を包み、チャンスと見るなり、すかさず悪ぶった色男を気取ってみせるような男性だ。

ゆっくりと大股で歩いてくるこの男から、ジャスティンは視線をそらすことができなかった。男の表情は凍っているかのように硬い。笑顔を見せるでもなく、口元を引きしめて、黒い瞳でしっかと前を見据えている。

確かにとてもハンサムではある。はっとするほど彫りの深い顔、官能的な唇。黒い瞳の鋭さに背筋に震えが走る。ところが、着ているのは黒のピンストライプのスーツで、仕立ては立派だが流行とはほど遠い。短い黒髪は、映画の『ウォール街』のマイケル・ダグラスばりに後ろになでつけている。

放射性廃棄物関係のロシア政府顧問もかくやと思わせるほど、冷たく近寄りがたい雰囲気だった。色気やお世辞でどうにかなるとは、とても思えない。もちろん、丈の短いライムグリーンのドレスでも！

「はじめまして、ミス・モンゴメリー」端整な顔に少しも感情を表さないまま、彼は無愛想に言った。「遅くなって失礼しました」

デスクをまわって腰を下ろし、すぐさま手にしていた申請書に目を落とす。たっぷり一分もかけてから、彼は顔を上げてジャスティンを見た。

「それではお話をうかがいましょうか、ミス・モンゴメリー」ぶっきらぼうにきいてきた。

再履修の許可をもらおうとしたときの学部長が、まさにこんな感じだった。だけどそのときは、彼女がにっこりすると、学部長はとたんに親身になってくれたのだ。同じ笑顔を、ジャスティンは目の前の融資担当者に最大限に振りまいた。「ミスター・ハンプトン、今日はある提案をしに来たんです。双方にとって、とてもいい提案だと思うんですよ」

マーカスは体が凍りついたようになって、しばらく身動きできなかった。彼女は僕をウエード・ハンプトンだと思っている。

考えてみればもっともな話だった。事情を説明していないのだ。話すつもりが、先に見事な脚のほうに気が散ってしまった。

マーカスはさらにすみずみまで彼女を眺めた。挑発的なドレス、つややかに塗られた唇、きれいだがやけにきらめいている瞳。緊張しているのか、興奮しているのか。それとも、その両方なのか。

疑問がすぐに頭をもたげた。ミス・モンゴメリーは、節操のない融資担当者だというウエード・ハンプトンの風評を知っているのだろうか。知っていて、その魅力的な体を何かの事業融資の代償に差し出すつもりで来たのだろうか。双方にとっていい提案だと言ったのは、そういう意味なのか？

ただでさえくずれてしまいそうな良心が、大きくぐらついた。ああ、でもなんて美しいんだ。笑顔になると、よりいっそうきれいに見える。

美人でも悪女だ。心の内で静かな声がした。

いや、はっきりしてるわけじゃない。まだ今のところは。それに、正直なところ、悪女でもかまいはしなかった。今は、下半身が張り詰めているこの瞬間には、どうでもいい。本当に悪女になるつもりで来たのなら、いったい何をしてくれることか。頭に浮かぶいくつものシナリオは、すでに痛いほど目覚めている興奮を大きくさせるばかりだった。

マーカスは自分の暗い欲望の対象をさらに数分間眺めてから、名乗るのはよそうと決めた。ハンプトンの小さな椅子になるたけ深く寄りかかって、彼女がかわいい口をもっとすべらせるのを待った。

「そうですか？」マーカスはそう言うと、胸の前で指を合わせ、彼女を熱心に見つめすぎないよう気をつけた。それでも空想せずにはいられない。このふっくらした官能的な唇の前に人参《にんじん》をぶら下げたら、彼女はいったいどこまで食いついてくるのだろう。

先を続けるには、頭のもやもやを払うのはもちろん、咳《せき》払いが必要だった。いまいましいが、彼女は誘惑そのものだ。悪魔が僕を堕落させるつもりなら、彼女ほど完璧な使者はいなかっただろう。

「概要をお話し願えますか」マーカスは言った。「それで双方に利益があるかどうか、こちらも判断できるでしょう」

彼の声から小ばかにする響きを感じ、ジャスティンはためらった。彼は知ってるんだわ。私がこびを売って、契約の一部としてさりげなく自分を差し出そうとしていることを。彼は座ったままじっと、大きな黒蜘蛛《くも》のように私が巣にかかるのを待っている。

さっさと椅子をけってここから出ていきなさいと自尊心が言う。でも自尊心でお金は借りられない。家を売却するしかないと話しても、母は喜ばないだろう。母が保養所かどこかに行くはめにでもなったら、自尊心を守ったところでなんの価値もない。

自尊心より現実の問題、実利的な問題が優先だった。こんな男にどう思われたってかまわない。女性を利用して楽しんでいる恥知らずな人間なのだから。

でも、今回利用されるのは、私じゃなくてあなたのほうよ。ジャスティンは心の中で言った。もう一度にっこりと彼にほほ笑みかけてから、さっそく現在の財政状況の説明に取りかかった。

父の死と残された負債について話すと、ハンプトンは眉間《みけん》にしわを寄せた。銀行が家を売却して損失を埋め合わせようとしている話に至ると、そのしわがますます深くなった。

「向こうはそんなことができるんですか？」ジャスティンは勢い込んできいた。

「法律で保障された権利ですからね。その家ですが、負債を全額返せるだけの建物なんですか？」

「ええ、それは十分。百万ドルにはなるはずです」

「ふうむ」

「母に売る意思はありません。私もです。こちらが事業融資の利率で債務を引き受けてくださって、その上で少しお時間をいただけるなら、必ず全額お返しできると確信できる計画があります」

彼は黒い眉を上げた。「ほう。その計画とやらをうかがいましょう」

「はい。まず、家財を競売にかければ、数週間のうちに負債額を大幅に軽減できます」

「なるほど。具体的にはどのくらい？」

「二十万ドルまで減らせると思います」

「残り二十万ドルはどう返済するつもりですか」

「通常の月払いでと考えています」

「それでも月二千ドルですよ。その分のお金はどこから調達するんですか、ミス・モンゴメリー」

このもっともな質問をきっかけに、ジャスティンは下宿屋計画の大まかな内容に入っていった。意外にもハンプトンは礼儀正しく耳を傾けてくれ、部屋代をいくらにするのか、週の利益をどれだけと見込んでいるのか、といった質問をしてきた。明らかに彼は、二次的な利益も考えずに誰にでも融資をするわけではないらしい。

「残念ですが、ミス・モンゴメリー」彼は最後に言った。「お役には立てそうもないですね。あなたの計画は収入面で無理がある。不確定な要素が多すぎるんです。家を売却して、残ったお金で小さな家を買われるのが、あなたにもお母様にも一番いい解決法だと思いますよ」

「でも、小さな家に移るのはいやなんです」ジャスティンは激しいショックといら立ちに負けて、とっさに反発した。

彼のまっすぐな眉が片方上がった。

ジャスティンはいら立ちを抑え込んだ。反発してはだめ。彼には笑顔で接しなければ。怒りではなく色気よ。でも、低姿勢でいるのは本当につらい。

「母は具合がよくないんです。が大きすぎます。お願いです」彼の目をまっすぐに見ながら、頭など下げないという誓いを破って懇願した。「この計画は絶対に成功しますから」

一瞬、それほど自分を卑しめずに、相手の気持をとらえることができたと思った。だが、彼はすぐに視線をそらして、さっと身を前に乗り出した。

「あなたの窮状がわからないわけじゃないんですよ、ミス・モンゴメリー」ジャスティンを見返して言う。「あなたに下宿屋の収入を補完する定職があれば、こちらも喜んで融資をしましょう。しかし、職業欄には大学生とある。何を勉強してるんですか」

「レジャー学です」

あまり聞こえがよくなかったらしいとジャスティンは思った。「観光業を専門に勉強しています」具体的に言い直した。「簡単そうですけど、実はすごく複雑な分野なんです。いいお給料がもらえる仕事につけるはずです。まだ先の話ですが」

「レジャー学ね」

「大学はあと何年あるのかな」

「あの……今一年を終えたところです」

「まだ一年？　申請書を見ると二十一――来月で二十二歳となってますね。高校を出てから何をしてたんです？　旅行か何か？」

「いえ……実はその……一年を何度かくり返したもので……」

「そうですか」冷たい返事だった。

「待ってください！　頭が悪いんじゃないんです。ただちゃんと勉強してなくて。楽しむのに忙しかったんです。その気になればなんでもできます」

「なんでも、ね」彼はからかった。

「だいたいなんでもです」かっとして声がきつくなった。「脳外科医になれるかどうかは疑問ですけど、下宿屋くらい十分できます。母も手伝ってくれますし」

「お母さんは具合が悪いと聞いた気がするが」

「体は大丈夫なんです。精神的な問題が大きいんですが、それも今の家を出なくていいとなれば解決すると思います」

相手の言葉を待ったが、彼は何も言わなかった。ベテランの女たらしのはずなのに、それにしては私を困らせてばかりだ。弱い立場の女性を見るのが楽しいらしい。権力を利用して、女性をあわれなあやつり人形にするのがよほどうれしいんだわ。

怒りを抑え、残っていた自尊心を胸の奥に追いやると、ジャスティンは意を決して口を開いた。「仕事は探します、ミスター・ハンプトン。あなたの望むことならなんでもしますわ。なんでも」しっかりと彼の目を見つめ、目の表情と軽く開いた唇とでありとあらゆることを約束した。

彼はジャスティンの開いた唇を見つめはしたが、やはり黙ったままだった。不安な沈黙に彼女の胃は痛み出し、唇が乾き始めた。

ジャスティンは震える声で言い添えた。「ミスター・ハンプトン。融資をしてくだされば、あなたには心からの感謝を捧《ささ》げるつもりです」

「感謝などいりませんよ」冷ややかな言い方だった。

黒く厳しい彼の瞳がさっと体を眺めまわすと、ジャスティンは恥ずかしさに頬が燃えるようだった。今日ほど自分を小さく、いら立たしいくらい頼りなく感じたことはない。頭の中がごちゃごちゃだった。胸がどきどきする。気持が悪くて吐きそうだ。

「それなら、何が望みなんですか」混乱したまま、彼女はきいた。

今度はそっちが自分をおとしめる番だ、とジャスティンは疲れた頭で思った。はっきりと自分の口で言えばいい。本当はこんな男です、間違ったことは一度たりともしていないようなクールな外見は見せかけですと、人前ではっきり示せばいい。

それを聞いたら私は出ていく。上司に報告してやってもいいわ。上司の名前は……オズボーン。そうマーカス・オズボーン。ええ、言いますとも。あなたの部下はこんな人なんですとミスター・マーカス・オズボーンに言ってやるわ！

「帰って、家を売るようお母さんを説得するんですね」厳しい口調にジャスティンは驚いた。「次にちゃんとした仕事を見つけること。だがそれより何より、男を挑発するような、危険を招きかねないゲームはもうやめることだ。君のたくらみに気がついてないとでも思ったのかな、ミス・モンゴメリー？　若い美女が誘惑してきたのは君が最初じゃない。はっきり言って最後でもないと思っている。人生に安楽な道はないんだよ、ジャスティン」説教が続くのを、ジャスティンは口をあんぐりと開けて聞いた。「君は善悪のわかった良識ある人なんだろう？　父親と同じことをしてはだめだ。そんなに若くてきれいなんだから、自分を安っぽく売ることはない」

ジャスティンは見事なほど真っ赤になった。どうにもいたたまれなくて、バッグを手に立ち上がった。「なんのお話ですか。融資をしたくないのなら、そうおっしゃってください。侮辱される覚えはありません」

「いいでしょう。あなたに融資はできません」

「どうも。それなら別の方法を考えますわ！」

彼女は身をひるがえして憤然と出ていく。呼び止めたいと思った。気が変わった、融資をしよう、という言葉がマーカスの喉元まで出かかった。

だが、今さら言えるはずもない。すでにいろいろな意味で機会を失った。確かにふらっとした一瞬はあった。心地よいその魔の瞬間には、もう少しで彼女のまぎれもない誘いに乗りそうになった。

ばかだよ、マーカス。彼は自分をせせら笑った。おまえはやり方次第で、今晩彼女とつき合うことだってできたんだ。連れ出して、家に誘ってベッドまで行く。週末中ずっと楽しめたかもしれないんだぞ。

なのに、おまえときたら。おじけづいて。

マーカスは小さく悪態をついた。

残る週末のお楽しみは、フェリックスの五十歳の誕生パーティだけだ。

最近はパーティに行くのがうとましくなっていたが、ときには外出せずにはいられなかった。家にいるとぞっとするのだ。ステファニーのために買った家だが、彼女はそこに一年も住んでいない。いい投資の対象でなかったら、売り払っているところだ。

マーカスはまた自分がいやになった。おまえが考えるのはそれだけか、マーカス？　投資、収益、それだけなのか？　人生、金だけじゃないだろう。

かつての妻も、追い出してやったときに同じ言葉を投げつけてきた。皮肉な話だった。妻は子供のときから慣れ親しんできた生活を維持するために、それこそたくさんの現金を欲しがった。ああいう女はみんなそうなのだ。

マーカスはまたジャスティン・モンゴメリーのことを考えた。初めは彼女に同情していた。堕落していようと父親は父親だ。ただ死んだのではなく、負債を残して不名誉の中で死んだのだから、彼女もさぞつらかっただろうと。

とはいえ、そんな同情心も、彼女が小さな家に移るのはいやだと言った瞬間に、きれいさっぱり消え去った。ああいう女たちには、質素な生活や質素な住まいは受け入れられないのだ。冗談じゃない！

下宿屋の計画もお笑い草だった。どれだけ大変な仕事か、少しでもわかっているのだろうか。レジャー学を勉強する片手間にやれるつもりでいるのか。

その専攻にしたところで、おかしいくらいに皮肉だった。ジャスティン・モンゴメリーのような女性は〝余暇《レジャー》〟を芸術的に楽しんでいる。勉強する必要はない。自然に身についているのだ。自分の体を売って生活水準を上げることも同じ。もっとも、それは多額の負債のためというより、おおかた金持との結婚をねらってのことだろうが。

ひねくれてるな、マーカス。すべてを見透かすような声が割って入った。聖人ぶって自分こそ正しいと考えるのも、うっとうしい態度だぞ。心が汚れていても、ジャスティン・モンゴメリーのほうが、おまえよりはるかに人生を楽しんでいるんだ。

「うるさい！」マーカスは立ち上がった。「説教は必要ない」

そうだな。心の声は容赦なく切り返した。おまえに必要なのは、申し分のないセックスだよ！

4

「ママ、まだそんな格好なの！」母親の部屋に入るなり、ジャスティンは言った。母はバスローブ姿でベッドの端に腰かけ、頭にはカーラーをつけている。もう八時半だ。一緒に家を出てフェリックスのパーティに行こうと約束した時間なのに。

アデレードは力なくほほ笑んだ。「行かないことにしたの。でもあなたは行って。まあ、すてきにできたじゃない。赤はあなたにぴったりね。アップにした髪もいいわ。洗練された女性に見えるわよ」

母の真意がわかるジャスティンは、いくらほめられても聞き流した。母はこうやって現実から気持をそらそうとしているのだ。乱れたままのベッドで肩を落としながらも、明るさを装っている。けれど、今だって目に涙が光っているのだ。昨日、家は売却されることになりそうだと話すと、母はそれから何度も泣いていた。何をするでもなくただ泣いて、しょんぼりと沈み込んでいた。

今夜のパーティで元気を出してくれたら、とジャスティンは願っていた。こんな母を見るのはつらい。のんきと言えるくらい幸せそうな、いつもの母とは全然違う。

「だめ、だめ、ママ」母には、ときに断固とした態度が効果的だ。「私ひとりじゃ行かないわよ」ジャスティンは、部屋の隅にある金色のビロード張りの椅子に歩み寄った。椅子にはビーズ飾りのついた黒いクレープ地のドレスがかけてある。「これを着るのね？　さあ、立って着ましょう。そのあとで私が髪をやってあげる。遅れたっていいわよ。どうせ九時をだいぶ過ぎてからでないと始まらないわ」

「そのドレスは着られないの」アデレードが弱々しく言った。

「どうして」

「体に合わないの」

「合わない、ね」ジャスティンはいらいらと奥歯をかみしめた。昨日古着屋に持っていった母のイブニングドレスは、確か三十着はあった。その中から母が二着選んで手元に残したのだが、その一着が体に合わないとは。困ったことに、母の〝ぼんやり〟はときどき度を越してしまう。「じゃあ、あとの一着は？　どこにあるの」

「そっちもだめ。二着とも合わないのよ」母は涙に声を詰まらせながら白状した。「パパのお葬式からこんなに太ってたなんて気づかなかったわ。癖なのね……悲しいと食べてしまうの。グレイソンと結婚したときは、あんなにきれいで細かったのに。あのころはグレイソンも愛してくれた。ママはそう信じてる。でも赤ちゃんが死んでから、食べることを覚えて、ママは……ママは……。だめね、パパが家に帰りたくなかったのも無理ないわ。ママがだめだから、パパはほかの女の人のところに……。みんな私のせいだわ！」

しゃくり上げて泣き出す母を見ていると、ジャスティンは胸が張り裂けそうだった。思わず駆け寄って母を強く抱きしめた。「泣かないで、ママ」声が詰まった。「お願いだから泣かないで。ママのせいじゃないわ。絶対に違う！　パパはママにふさわしい人じゃなかったの。いい人じゃなかったのよ。はっきり言って悪人だったのよ。パパはいなくなったけど、でもまだ私がいるじゃない。二人で頑張りましょう。大丈夫だから」胸には新たな決意がみなぎっていた。

「融資の件はまだあきらめてないわ」

母は濡《ぬ》れたまつげの下から見上げた。「本当に？」

「ええ、あきらめるもんですか！　銀行はまだほかにもあるし、それにお金を貸すところは銀行だけじゃないでしょう。今夜のパーティには有力者が集まるはずよ。彼らはお金持で人脈もたくさんあるわ。しっかり聞き耳を立てて観察していれば、運が向いてくるかも……。大丈夫、必ずいい知らせを持って帰るわ」ジャスティンは体を伸ばしてベッド脇《わき》のティッシュを引き出した。「だから、涙をふいて。あきらめないでね、ママ。あなたの娘の戦いは今始まったばかりよ！」

ジャスティンの中に初めて芽生えた楽観的な考えは、トゥレル家までの短いドライブの間にあやしくなってきた。気負って熱くなるのはいいが、それを実行に移すとなるとまた別だ。母には変な希望を持たせてしまった。今夜だけは彼女を落ち着かせることができたかもしれないが、何もいい知らせがなければ明日の朝はどうなってしまうだろう。

ジャスティンはため息をついた。そしてもう一度ため息をつくと、トゥレル家の屋敷がある、緑の多い通りへと曲がった。ずらりと車が駐車していて、あいた場所はどこにもなさそうだ。

Uターンしてから、ひとつ隣の通りにようやく駐車場所が見つかった。ぴったりしたスカートを気にしながら、来た道を延々と歩いて戻る。この赤いドレスを手元に残したのは失敗だった。着まわしがきかないし、本当に暖かい夜しか着られない。

春の初めに超高級ブティックのショーウインドウで見つけ、赤い色に惹《ひ》かれて買った。クリスマスの数カ月前になると、いつもいい赤いドレスはないかと探す。毎年母が開くクリスマスパーティでは、赤を着るのがジャスティンの楽しみだった。

もちろん今年はクリスマスパーティもなかった。古着屋に渡すため、ワードローブを整理しているときにこのドレスが出てきたのだが、一度も着ないまま、ほんのわずかな値段で処分するのはためらわれた。ローシルクを使ったオリジナルデザインなので、買うときは結構払ったのだ。

それでも今はこのドレスを残したことを後悔していた。黒のクレープ地のドレスと黒いビロードのにしておけばよかった。黒は印象に残らないが、こんな赤だとはるか遠くを歩いていても目立ってしまう。ばかよ、ジャスティン。あなたはばか、大ばかよ！

急なステップをハイヒールでどうにか上り、玄関のベルを鳴らすころには、自分も母と家にいればよかったと思うようになっていた。

トゥルーディがドアを開けて、遅れてきた彼女に向かって顔をしかめた。「やっと来たわね。来ないのかと思ってたところよ、せっかくママを説得して招待状を出したのに。あら、おば様は？」

「気が乗らないみたいなの。頭が痛いって」

「そう。そのほうがよかったかもしれないわ」

ジャスティンはむっとした。「どうして？」

「私のママは知ってるでしょ、ジャシー。そつなくふるまうなんてできない人だから、たぶんすごく失礼なことをぽろりと言ってしまって、おば様を怒らせちゃうわ。ママは私と違って優しさがないの。生まれつきの意地悪なのよ」

ジャスティンは思わず笑顔を返した。「あなたは本当に優しいのね、トゥルーディ。本当にアイヴィの子供かって疑いたくなるときがあるわ」

トゥルーディは満面の笑みで友人を招き入れると、ドアを閉めた。「私が養女かもしれないっていうの？」楽しげに話に乗ってきた。

「ひょっとしたらね」

「なんて幸せな想像かしら！　さて、まずは二階の私の部屋にバッグを置いて、それから、あなたのプランBの成功を祈って乾杯しましょう。少なくとも目的にかなった服は着ているようだし」最後に含みのある言い方をすると、赤いドレスを見て、きれいに整えられた両方の眉をぴくぴくと動かした。

そして大きな曲線を描く階段をさっさと上がり始めた。ジャスティンは彼女についていくのに必死だった。「プランB？　なんなの、プランBって」

「金持の結婚相手を見つけることよ。銀行でのプランAはどうせだめだったんでしょう？」

「どうしてわかるの」

「相手を誘惑する能力のなさを信じて疑わなかったから、という理由以外に？」トゥルーディは平然と言う。「そんなの玄関で顔を見たらすぐわかったわ。何かというと胸の内がそのまま顔に出るんだもの。それで、何があったの。おじけづいちゃった？」

「違うわ。あなたに言われたことは、裸でデスクに身を投げ出すこと以外全部やったのよ。ライムグリーンのドレスまで着たのに、はねつけられたわ」

「ウェードにはねつけられたの？」トゥルーディはまさかという顔をした。

「はねつけられて、説教までされたわよ」

「嘘《うそ》でしょう！」

「それが嘘じゃないの」

トゥルーディの寝室は、ほかの部屋に負けず劣らず、広くて豪華だった。この屋敷に比べれば、モンゴメリー家など、はっきり言って鉱夫のためのほったて小屋に見える。トゥルーディはジャスティンのバッグを取って、つやのある白いドレッサーの上に置くと、自分は金縁の鏡の前でおめかしし始めた。彼女は俗に言う美人ではないが、セクシーな体つきと大きな茶色の瞳がとても魅力的だ。

「ついに銀行での悪事がばれたのかな」考え込みながら口紅を直し、深い胸の谷間に香水をふりかける。「それとも、お芝居をする必要があったのかしら」

「さあ。私に言えるのは最悪だったということだけよ。穴があったら入りたいって、本気で思ったわ」

「まあ、まあ、大変だったこと。かわいそうなジャシー」同情的な言葉とは裏腹に、トゥルーディはむしろおもしろがっていた。「支度がすんだら、下でシャンパンにしましょう。それからプランBの決行よ。ハワード・バースゲートはパスなのよね？」

「その名前はやめて！」

「かわいそうに。あなたに首ったけなのよ」

「財産があったときは、でしょ。もう全然よ。一度だって連絡してこないもの。ねえ、トゥルーディ、私はそのプランBを決行するつもりはないの。決行するにしたって、相手の選択はあなたには任せないわ。ウェードのことを聞いて、最低でも魅力的でセックスアピールがあるんだと思ってたのに、きゅうりのサンドイッチみたいにクールだったんだから」

「それは芝居をしてたのよ」

「私にはわからないけど、もしお芝居なら、とんでもなく上手な役者よ」

「でも、すっごくハンサムなのは認めるでしょ」

「ええ、そうね。あの黒い瞳には、確かにぞくぞくさせられたわ」

「あら、それって、あなたには初めてのことね。やっとぴったりの相手にめぐり合えたんじゃない？」

「ばか言わないで！」ジャスティンは否定した。「ウェード・ハンプトンみたいな男は大嫌いなの」それは事実だった。彼のことを思うと、気恥ずかしさに今でも肌が粟《あわ》立つ。でも本当のところ、頭の中から彼を追い出すことができないでいた。

「よし、でき上がり」トゥルーディはくるりと体をまわすとジャスティンの腕を取った。「下に行ってみんなを魅了してやりましょう」

トゥルーディは階段を下り、タイル張りの大きなホールから広い居間へとジャスティンを連れていった。そこには客の大半がいた。ざっと見渡したところ、中にいるのはほとんどが中年層で、若い人たちはプールのあるテラスのほうにいるようだ。

トゥルーディの母親がジャスティンの目に留まった。肩ひものないブルーのサテンのドレスを着て、やたらと若作りしている。厚塗りの顔に、いつものわざとらしい笑顔を浮かべて、こちらに背を向けている男性をうっとりと見つめている。夫のフェリックスではない。フェリックスより背が高く、黒髪で肩幅が広い。すると、その男性が急に横を向き、ジャスティンは心臓が止まるほど驚いた。

「まあ！　いるってなぜ教えてくれなかったの？」

「誰が？」

「ウェード・ハンプトンよ！」

「ウェードが？　ここに？　いないわよ。招待してないんだもの」

「じゃあ、誰かについてきたんだわ。だって、はっきり本人の姿が見えてるのよ。ほら、あそこ。あなたのお母さんと話してる」

「ばかね、ウェードじゃないわ！　あれはマーカス・オズボーンよ」

「え？」

顔を見合わせた二人だったが、しばらくして互いにはたと気がついた。ジャスティンは愕然《がくぜん》とし、トゥルーディは声をあげて笑った。

「ジャシーってば」トゥルーディが笑いながら言う。「どうしたらマーカスをウェードと勘違いできるの。おかしな人ね。色仕掛けでせまって説教されるのも当然よ。蠅《はえ》になってその部屋の壁に留まっていたかったわ。きっと大笑いできたのに！」

「ちっともおかしくないわ！」ジャスティンはむくれ、自分をだましていた当の本人をにらみつけた。彼はウェード・ハンプトンのオフィスに入ってウェードの椅子に座ったのだ。私が勘違いしていることは十分わかっていたはずだ。

なのに、彼は違うと言ったかしら。いいえ、ひと言も！　こっちがはっきりと誘いをかけるまで待って、それからぺしゃりとへこませてくれた。ウェードのちょっとした悪事を耳にして、一度現場に立ち会ってやろうと思ったに違いない。

「マーカス・オズボーンもプランBのリストからは抹消ね」トゥルーディが横でからかった。「ちょっと恥をかいちゃったようだし。残念だわ。彼は大金持で、おあつらえ向きに離婚してるのよ。あなただってまんざらでもないんでしょう」言葉を返せないでいるジャスティンを肘でつついてくる。「あなたは大人の男性が好みなんじゃない、ジャシー？　だから、これまでつき合った男の子たちとは一線を越えられなかったのかもね。たぶんもっと成熟した人とでないとその気になれないのよ。あふれる情熱を内に秘めて、冷たく何事かを考え込んでいるような銀行家とか。ほら、ここにいる銀行家だってタキシード姿が本当にすてきよ。マーカスがこんなにハンサムだったなんて、今まで気づかなかったわ」

「外見より中身よ」ジャスティンは低い声でつぶやいた。「それに、北極の氷が溶けたって、私が彼に熱を上げることはないわ」

しかし、トゥルーディの言葉は正しかった。今日の彼は、ディナージャケットと真っ白なシャツが、見るからによく似合っている。昨日の陰気なピンストライプよりずっといい。急に、若くておしゃれで、そう、よりセクシーになった。冷たくすましたタイプが好みならいいけれど、でも私はいやよ！

体中に怒りがふつふつとわき上がってきた。

「顔が赤くなってる」トゥルーディがちゃかした。

「そうじゃなくて、血が煮えたぎってるのよ。あなたがかまわないなら、あの銀行家のお友だちに言ってやりたいことがあるの。今すぐにね！」

ジャスティンは青い目をつり上げて歩き出した。あんなひどい扱いをして許されると思っているのなら、その間違いをはっきりと正してやるわ！

5

マーカスは、うなじの毛がさっと逆立つのを感じた。お会いできてとてもうれしいとか、もっと外出なさるべきだとか、目の前のアイヴィは愚にもつかない話を続けていたが、彼の意識はもうこの女主人の上にはなかった。視野の隅に何かが、赤い服を着た誰かが見える。

ほんの少し首を動かしてみて、彼は驚きに凍りついた。ジャスティン・モンゴメリーじゃないか。憤然とこっちに歩いてくる。怒りの形相がすべてを物語っていた。僕の正体を誰かに聞いたのだろう。事情を問いただすつもりでいるようだ。

彼女の怒った顔は魅力的で、状況が状況なら、とマーカスは残念に思った。歩く姿がまたいい。挑発的な赤いドレスの下で、下着をつけていないと明らかにわかる胸が揺れている。解放されたその丸みを、ホルターネックのドレスがかろうじて支えている。体が妙にうずき始め、彼は上着を着ていたことに感謝した。

「お話があります」ゆっくりと歩みを止めた彼女は、鋭い調子で切り出した。

「ジャスティン！」アイヴィが居丈高にたしなめた。「人が話をしてるときに失礼でしょう」

「ほかの人のふりをすることだって失礼ですわ！」彼女は憎らしい相手をにらみつけた。

マーカスは勇敢な女性だと感心したが、人前で名誉を傷つけられるつもりはなかった。

「こんばんは、ミス・モンゴメリー」冷静にあいさつをする。「またお会いできてうれしいですよ。おっしゃるとおり、非難されるべき行為です。しかし、ミスター・ハンプトンに間違えられていたことは、君が銀行を出ていくまでわからなかった。大変残念な結果になってしまって、その点はおわびします」彼は女主人のほうに体を向けた。「アイヴィ、ミス・モンゴメリーと仕事の話があるんですが、少しの間静かに話せる場所はありませんか」

うまく敵の怒りを抑え込むことができたと、マーカスは内心ほくそ笑んだ。これで好奇の視線にさらされない場所に彼女を連れ出すことができる。しかし、興味津々のアイヴィがフェリックスの書斎に二人を残して出ていくなり、大きくて美しいブルーの瞳はまた険しくなった。

「嘘《うそ》だわ！　私がウェード・ハンプトンと間違えていたのはちゃんとわかってたんでしょう？」

「最初は違う」マーカスはごまかした。

「でもすぐに気づいたはずだわ！」

「気づいたときは言い出しにくい状況だった」

「よく言うわ！　私が何をするか知っていて、わざとわなにかけたくせに。どうしてなんですか、ミスター・オズボーン。ばかなまねをする私を見るのが楽しかったんですか？　目の前で自分をおとしめている様子にぞくぞくしたんですか」

どう答えればいいだろう。「ばかな。もちろん違う」

「信じないわ」彼女の怒りはおさまらなかった。「でも、いいんです。私はこう言いたかっただけですから。昨日は何かを約束するような印象を与えたかもしれませんけど、私はそんな気はまったくなかったんです。ウェード・ハンプトンにもあなたにも。とりわけあなたにはね、ミスター・オズボーン。何があっても、あなたと寝るのはごめんだわ！」

「そうなんですか？」

「ええ。私はお金のために寝たりしません。温かい血ではなく、氷が体を流れている男性とは特に！」

「覚えておきますよ、ミス・モンゴメリー」マーカスは冷ややかに言った。「ただし、ののしり合いは避けましょう。わざとわなにかけたんじゃない。それは本当です。昨日はミスター・ハンプトンが肩書きを悪用していることを聞いたばかりで、その……動揺していてね」

「動揺ですって」彼女は鼻であしらった。「あなたみたいな人が動揺するはずがないわ！どんなときにも自分が優先。ただそれだけのことよ。あなたは私に恥をかかせて、それを楽しんでたのよ！」

マーカスは身を固くした。憤りに罪悪感が消え去っていく。勝手な解釈をして、いったい何様のつもりでいるんだ。体を許す気はなかったと言うが、口だけならどうとでも言える。正直なところ、これっぽっちも信じられない。今の彼女は、盗みを後悔せずに、つかまったことを悔やんでいる泥棒と同じだ。

中でも腹立たしいのが、彼女がここまで極端な行動が必要なほど経済的に苦しんではいないという事実だった。本当に困窮し、母娘ともども財産が底をついたのなら、同情もしただろう。だが、家を売却して借金を返せば、残った金で楽に暮らせるのだ。なのにそうしない。すべてを持っていないと気がすまないのだ。一流の生活には豪華な家、ということか。そしてきわめつけは、ミス・モンゴメリーが今ここにいて、汗水流して働く女性が一年間で使う服代よりも高価なドレスを着て歩いていることだ！

デザイナーブランドの服は、見ればそれとわかる。着ているとも言えないようなこのちっぽけな赤いシルクは、既製品ではない。金の匂《にお》いがぷんぷんしている。当然セックスの匂いもだ。

ドレスは完璧《かんぺき》な肢体を包みながらも、男に見せるべきすべてをあらわにしていた。マーカスは目が釘《くぎ》づけだった。ジャスティン・モンゴメリーは誤解を受けた世間知らずではない。さえた頭ではかりごとをめぐらせ、欲しいものに執着し、思いどおりにいかないと、かんしゃくを起こすタイプだ。

「恥をかかせてはいないさ」彼は冷たく指摘した。「君が勝手に恥をかいたんだよ」

ジャスティンは彼をにらみつけた。こんなに誰かを憎らしいと感じたことはない。心臓が飛び出さんばかりに打ち、体中が震えている。ところが、彼のほうはまるで大理石の彫像だった。石のように硬い表情、黒檀《こくたん》のような冷酷な瞳。くやしい気持を平然と無視されてしまい、ジャスティンの怒りは無理やり、形だけ抑え込まれた格好になった。

「そうですね」声が震える。「だけど私には理由があったんです。あなたの理由は？」

「僕の理由？」びっくりしたような言い方だった。

「ないんでしょう。あなたのような男は理由がいるとは思わないのよ。説明も、弁解も、謝罪も。昨日はお説教されましたけど、ご自分はどこをつつかれても平気なんですか、ミスター・オズボーン。雪のように汚れひとつないのかしら。最後に真実の愛とは別の理由で女性と関係を持ったのはいつですか？　集めた内部情報で投資に成功したのはいつ？」

ジャスティンはたじろいだ。彼の頬が怒りにさっと紅潮したからだった。「一度もない！」

「インサイダー取引のことだよ。女性と寝るほうは……真実の愛という言葉自体、最近ではあまり聞かないが、それでも、ベッドの相手には好意が持てて尊敬できる女性を選ぶようにしている」

「それだと、対象がぐんと狭くなりそうですね」自分は好意も持たれず尊敬もされていないのだと知り、ジャスティンはおもしろくない気持だった。

「別に問題なくやってますよ」

「そこまで基準が高いのに？」

彼の鋭い視線を受けて、ハイヒールの足元が少しふらついた。まさしく、どんなときでもあなどれない相手ね。トゥルーディの言ったとおりだわ。でも、なんて独善的なの！

「もういいですか、ミス・モンゴメリー？」

「まさか。これからよ！　あなたは自分がすごく偉いつもりでいるんでしょう。自分の銀行の大きなデスクにどっかり座って、誰を助ける助けないの判断を下すんですもの。ウェ ードド・ハンプントンには責任を取らせて辞めさせたんでしょうけど、昨日のあなたは彼と同じくらい卑劣だったわ。汚いごまかしは別にしても、話だって純粋に聞いてはくれなかったじゃないですか。問題のない正当な取引を提案しているのに、先入観で心がくもってたんだわ」

「なんですって？」

「まいったな。そんな大きな下宿屋があなたのような人に経営できるなんて、本気で信じてもらうつもりだったんですか、ミス・モンゴメリー」

「私のような者？　どういう意味ですか」ジャスティンはかっとなった。「わかったわ、役立たずってことね。まともな仕事をしたこともない、甘やかされた、金持のぐうたら娘だと言いたいのね」

「僕は何も言ってない」

「でも考えてるわ」きつく言い返す。

「自分で思いあたる節があるわけだ」

はっとしてジャスティンは言葉を失った。さらに言い返そうと口を開いたが、思い留まった。彼の言葉は的を射ているところもある。私は甘やかされた金持の娘だったし、まともな仕事をしたこともない。少なくとも生活のために働いた経験はない。でも、役立たずじゃないわ。もちろん、ぐうたらでもない。

すべて見通したつもりのこの人に、なんとしてでもそれを証明しなければ。突如衝動にかられたジャスティンは顔を上げ、意を決して彼を見た。

「違うと証明する機会をもらえませんか、ミスター・オズボーン。融資を認めて、半年待ってください。その間返済が滞れば、私はすぐに家を売ります。半年です。無理な注文じゃないでしょう。前に言ったように、家は百万ドル以上するんです。銀行が損をすることはないわ」

「本気ですか」見下げたような口調だった。

「本気よ。私は最初、融資を受けるためならなんでもするけど、頭だけは下げないと誓ったの。今も頼み込むつもりはありません。でも、融資を拒否すると言うのなら、あなたが地獄の業火に焼かれるのを願うだけだわ！」

彼は笑った。声をあげて笑った。ジャスティンはまじまじと彼を見つめた。笑っているときの彼の表情は冷血漢の顔ではなく、小憎らしいほど魅力的なものに変わっていた。黒い瞳が輝き、固く結ばれていた口元が真っ白な歯をのぞかせている。

「いいでしょう、ミス・モンゴメリー」彼はジャスティンをどぎまぎさせる笑みを浮かべたままで言った。「僕の負けです。月曜の朝一番に銀行に来てください。そこで話を詰めましょう」

ジャスティンは口をあんぐりと開けていた。「本当に？　本当にいいんですか？」

「よくなければ言いませんよ。融資は認める。半年の条件ものむ。しかし一日たりとも延ばせません。いいですね。さあ、そうと決まればパーティに戻ったほうがよさそうだ。二人は何をしているのかと、アイヴィが心配しだすでしょうからね」

「ああ、だめよ、私は帰るわ」もうじっとしていられない気分だった。「家に帰って母に報告しなくちゃ。これを聞いたらどんなに喜ぶか」

安堵《あんど》と喜びがあふれ出す。ジャスティンはさっと彼に近づくと、爪先立って頬にキスをした。

「ありがとう、ありがとう、大好きよ」感情のままに言った。最後にもう一度満面の笑みを向けてから、身をひるがえして跳ねるように部屋をあとにした。

マーカスは長いことその場に立ちつくし、それから彼女の唇が触れた場所に手をあてた。湿っていて柔らかい。この瞬間、彼の体でこわばっていない部分はそこだけだった。

彼は仕方なくまた笑った。今の強烈な興奮状態と、それを引き起こしたあの娘のことを。大好きよ、か！

どう思われているかはよくわかっていた。彼女の目の中にとうに読み取っている。こっちが軽蔑《けいべつ》していたのと同じく、あの目は僕を軽蔑していた。

それでも、金の力はあのタイプの女性には効果てきめんだ。月曜の朝には、今日よりもっと笑いかけてくれるだろう。昨日ハンプトンのオフィスでしたように、笑顔で一心にこびを売ってくれるだろう。望みのものが手に入るとなれば、あのまばゆい魅力の限りを振りまいてくれるに違いない。

なんと言っても、彼女のような女性には、欲しいものを手にすることが何より重要なのだ。

しかし、今度はマーカス自身も欲しいものを、つまり、美しくてすばらしいミス・モンゴメリーを、是が非でも手に入れるつもりでいた。

買収も脅迫もしない。気に入った女性にするようにふつうに誘い、あとは自然な流れに任せる。

ジャスティン・モンゴメリーなら夕食の誘いにも、そのあとのどんな誘いにも、必ずイエスと言ってくれるはずだ。金を借りる銀行家とはいい関係でいようと頑張るだろう。月々の返済の苦しさに直面してからは、とりわけそうなるに違いない。ひとつあてにできる点があるとすれば、それは彼女がまさにこちらの予想どおりの行動に出るだろうということだった。

半年と彼女は言った。半年あればこっちにも好都合だと、マーカスは皮肉っぽい思いをめぐらせた。

彼女を見た最初の晩にフェリックスが言った言葉を思い出す。

〝つき合ったところで結婚することはない……〟

あの忠告の深い意味がようやく理解できた。まったくそのとおりだ。結婚することはない。この先再婚を考えることがあったとしても、相手は大きな家や華やかなデザイナーブランドのドレスを所有するのがあたりまえと思っている女性ではない。

月曜日に彼女はどんな服で来るだろう。またライムグリーンのドレスではないだろう。

もっと洗練された、落ち着いた服だ。彼女としては真面目《まじめ》さ、真剣さをアピールしたいと考えるだろうから。

黒か？　さりげなく相手の気を引こうとするとき、女性はたいてい黒を着る。

書斎のドアがノックされ、フェリックスが顔をのぞかせた。彼は室内にさっと目を走らせてから、中に入ってきた。「ジャスティン・モンゴメリーと一緒だとアイヴィが言っていたが」

「ええ、一緒でした」フェリックスが眉を上げるのを見て、マーカスは苦笑を浮かべた。

「いや、違いますよ、フェリックス。仕事の話です。ミス・モンゴメリーは経済的に困っているようですね」

「らしいな。娘に聞いたよ。娘はこうも言ってたぞ。一度はジャスティンの要求を拒否したのに、こんなに長く二人でこもっているからには、ジャスティンがプランBを実行に移したんだろうとな」

マーカスは内心身がまえたが、表面は落ち着きをくずさずにきいた。「プランBというのは？」

「融資を受けられない場合の計画だよ。金持の男を見つけて手っ取り早く結婚するという」

ジャスティンの性格が証明されたことで、マーカスはなぜか無性にいら立った。彼女の正体はわかっていたはずではなかったのか。

「彼女にはずいぶんご執心のようだったからな」フェリックスが言う。「ひょっとしてしかるべき行動に出たのかと思ったんだが……」

「がっかりさせて申しわけないんですがね、フェリックス。僕は融資の約束をしていただけで、誘惑していたわけじゃないですよ」

「そりゃまた気前のいい話だ。理想的な融資先とは言えないだろうに。だが、私の目はごまかせないぞ、マーカス」みだらな笑みを浮かべて続ける。「こと銀行業務に関しては妥協をしない君だ。こういう君らしくない対処は、同情ではなく熱い感情が引き起こしたものじゃないのかね。あの赤いドレスを着た彼女には、いかにもそそられるじゃないか」

「どんな服を着ていたかなんて知りませんよ」マーカスは平然とした態度で、ドアへと向かった。

フェリックスが笑いながらあとに続いた。

6

月曜の朝、ジャスティンはじれったいほど待たされてから、ようやくマーカス・オズボーンのオフィスに通された。三十分は秘書の部屋にいただろう。それだけ待たされれば、相手の気が変わったのではないかと不安になりだすのも当然だった。

トゥルーディならこんな不安、笑い飛ばすわね。彼女は昨日電話で、うまくやったじゃないと言ってきた。あのお偉い銀行家さんは、顔には出さないけどあなたに惹《ひ》かれてるわよ、と。どこからそんなばかげた考えが出てきたのだろう。トゥルーディはセックスのことしか頭にない。マーカス・オズボーンは私に好意だって持ってやしないのに。

奇妙な話だが、自分自身の気持のほうが、ジャスティンははっきりと理解できずにいた。彼に気があるのだとトゥルーディには言われたが、あれは的外れもいいところだ。確かに、土曜の夜の黒いタキシード姿には目をみはったし、彼女の言った、冷たく何事かを考えているようなところがセクシーでもあった。だけど、気があるなんてとんでもない。

この週末、彼のことは何度も複雑な思いで考えた。だまされた金曜の件ではいまだに腹が立つけれど、憎いという気持はもう消えている。それはそうだろう。融資をしようと寛大にも考え直してくれた人なのだ。今、自分が一番望んでいるのは、たぶん彼に見直してもらうことだ。彼に敬意を払ってもらいたい。ばかでも、ぐうたらでもない、私にだってできることはあるのだとわかってほしい。

しかし、そう簡単にはいきそうになかった。彼はジャスティンのような女性に偏見を持っている。それは見ればわかる。不安でたまらないのは、あんな考えの浅い、おそらく信用もできない相手に思いつきで融資を約束したのはまずかったと、土曜の夜から今日までの間にマーカス・オズボーンが決心を変えていないだろうかということだった。

中に入るよう秘書に合図をされると、ジャスティンの不安は一気にふくらんだ。無理やり明るい笑顔を作り、内心の緊張を押し殺して歩き出す。

マーカス・オズボーンのオフィスは、金曜に彼が威圧感でいっぱいにした小部屋とは大違いだった。四角く巨大で、まず目を引くのが、これまた巨大な半円形のデスクだ。デスクの後ろ側では、円の残り半分を補うような形でガラス窓が丸くせり出している。でき上がった円の中心に、都会の建物群を背にしたマーカス・オズボーンが座っていた。

先日のいかめしいピンストライプから、段違いにおしゃれな格好へと変わった彼は、どこから見ても名のあるマーチャント・バンクの頭取だった。チャコールグレーで、たぶんイタリア製だろう。そのシングルのツーピースは、健康的な彼の黒髪と同じくなめらかな光沢を放っていた。ネクタイはグレーとブルーのエレガントなストライプだし、シャツも彼の歯のように真っ白だ。

はるかかなたまで続いているようなグレーの絨毯《じゅうたん》を踏んで進むと、黒く厳しい彼の瞳がゆっくりとこちらを眺めまわした。勘違いかもしれないが、気に入ってもらえたようだった。その自信が、ジャスティンを目指す方向に大きくあと押ししてくれた。母の忠告どおり、真鍮《しんちゅう》の前ボタンに半袖《はんそで》という、おとなしい黒のスーツを着てきてよかった。髪は小粋《こいき》なフレンチロールにしたし、耳は上品な金のイヤリングで飾ってある。

「お待たせしました、ミス・モンゴメリー。どうぞそちらに」大きな革張りの椅子に座った彼は、デスクの前に三つ並んだ、背もたれのまっすぐな小さめの椅子を手で示した。

ジャスティンはにっこりと笑いながら真ん中の椅子を選んだ。「その呼び方はもうやめてください」優しく言って脚を組む。「堅苦しいのは嫌いなんです。ジャスティンでいいわ」彼の笑顔で緊張がいくぶんやわらいだ。また断ってくるつもりなら、笑ったりはしないだろう。

「わかった。それなら、僕はマーカスだ」

「マーカスね」うまくいきそうな気配に、ジャスティンはほっとしてほほ笑んだ。家に帰って、まただめだったとはとても言えない。母は土曜の夜に話を聞いて大感激し、そのあとすっかり元気を取り戻している。昨日だって家事の手伝いから、夕食まで作ってくれたのだ。本当にどれだけ助かったことか。さらには、下宿屋を始めたら食事作りは全部引き受けるとまで約束してくれた。そのほうがいいのかもしれない。ジャスティンは料理が苦手だった。ただし、いつだって覚えようと思えば覚えられる。その気になればなんでもできます、とマーカスには言ったけれど、あの言葉は嘘《うそ》ではない！「気持は変わってないんですよね」

「いっこうに」彼はさらりと返事をした。「僕がこうだと言えば、サインをしたも同然だよ」

「よかった！　少し心配だったの。私がサインをする書類とかあるんでしょう？」

「今はまだいい。それにサインをするのは君のお母さんだ。法律上の家の所有者は、お母さんだからね。君を呼んだのは、計画の詳細をもっと聞きたかったからだよ。まず第一に……」彼は革張りの椅子にもたれかかった。「具体的にはどういうものを売って、借入額を減らすつもりなのか」

しっかり準備をしてきてよかったと思った。「リストを作ってきたわ」ジャスティンはハンドバッグから折りたたんだ紙を取り出すと、立ち上がって広いデスクの上に滑らせた。「アンティークの家具がいくつかと、十八世紀の銀製品。それに有名なオーストラリアの画家たちの絵画が六枚。それぞれ妥当と思える評価をしてあります。全部で三十万ドル以上にはなるわ。もっとも、一部は競売の手数料で消えてしまうけど」

「ずいぶんいい家具がある。絵など一級品だ」彼の驚いた顔を見て、ジャスティンは満足だった。

「アンティークや絵画に詳しいの？」

「たいていの投資対象については、掘り下げて勉強したよ。本当にいいアンティークや絵画は、最初に法外な高値で購入しない限り、価値を失うことはないとわかった。ここに書いてある品物は誰が買ったのかな？　お母さん？」

「祖母よ」

「価格の評価は誰に？」

「誰にも。自分でやったの」彼の眉が上がるのを見て、ジャスティンはさらに言い添えた。「祖母はかなりの目利きで、亡くなる前に絵画やアンティークについて広く教育してくれたわ」

「いや、恐れ入ったよ、ジャスティン。すっかり驚かされた」

その言葉にジャスティンの顔は輝いた。「今日の午後にも競売人に連絡するつもりよ」

彼をもっと感心させたい。

「いや、それは待ってくれないか。この分は僕が買ってもいいかと思ってるんだ。そうすれば、手数料もなしで、双方にとって得になる」

「すてきな考えね！」

「当然のことだが、まずは現物を見たい。午後は家にいるかな？　そうだな、二時ごろでは？」

ジャスティンはためらった。午後は車を売りに行く予定だ。しかし、それはまだ先送りできる。こんないい申し出をふいにするわけにはいかない。いろいろな手間が省けるだけでなく、マーカスが言うように金銭面で大きな得になるのだ。

熱意に満ちた笑顔で答えた。「問題ないわ」

問題ないわ、か。マーカスは胸の内で苦笑いした。彼女はきっとたいていの提案に〝問題ないわ〟と言ってくれる。午後の別れぎわにさりげなく夕食に誘っても、答えはたぶん同じだ。

黒のスーツといい、応対ぶりといい、これまでのところ、何もかも予想したとおりだった。話に入るとすぐファースト・ネームで呼び合おうと言ってきたし、例の魅惑的な笑顔も即座にふりまいてくれた。土曜の夜のような、見下した怒りの表情はどこにもない。あからさまに秋波こそ送ってこないが、目には相手に喜んでもらおうという熱意が明らかだ。

正直言って、価格をつけたリストには心底驚かされた。彼女も自分の問題がよくわかっている。しかし、マーカスとてばかではない。有利な買い物は、見ればすぐにそれと見抜ける。

ふだんの行いを逸脱してしまった今回の行動も、結局恐れていたほどの出費にはならないかもしれない。当然だが、こんなばかげたケースで銀行から融資はできなかった。頭がおかしくなったと思われるのがおちだ。金はポケットマネーから出すことになる。

だが、いいじゃないか。マーカスはどうにでもなれという気持だった。とにもかくにも魅了されてしまったのだ。彼女は自分を魅了して、耐えがたいほど興奮させてくれる。こうして椅子に座って、冷静で落ち着いた銀行家を演じているだけでも精いっぱいだ。とても落ち着くどころではない。一瞬たりとも平静な気分にはなれない。頭では今夜のことばかり、やっとこの胸に抱いてキスをするチャンスがきたということばかり、考えてしまう。

だが、そのチャンスがもっと早くくれば……。

「ちょっと失礼」マーカスは唐突に言って、インターコムのボタンを押した。すぐに秘書が応答した。「グレース、午後の予定は全部キャンセルだ」

「全部ですか？」

グレースの驚きはもっともだった。彼はこれまで、一日たりとも午後の仕事を休んだことがないのだ。

休んだのは……虫の知らせで帰宅して、ステファニーが男とベッドにいる現場を見たあの日だけだ。

いつもながら鮮明に思い出したが、どういうわけか、今日は痛みも苦しみも感じなかった。驚きよりも、気分を浮き立たせてくれる目の前の女性への感謝のほうが大きかった。今この瞬間にも、彼女は面はゆいくらい熱心に見つめてくれている。

ステファニーを忘れたいなら別の女性を見つけることだと、いろいろな人に言われてきた。あれは正論だったようだ。ただしジャスティンとの結婚は考えていない。そこまでばかではないつもりだ。仮に、といっても事実あり得る話だが、プランBを実行したところで、ジャスティンは失望するだけだろう。とはいえ、彼女が自分を釣り上げようとしている部分に関しては、知らぬ間に気持が弾んでしまう。

「そう、全部だ」マーカスはきっぱりと答えた。

「わかりました、ミスター・オズボーン。それと、お出かけになる前に……」

「なんだ?」

「グウェンから今電話がありました。ちょっとした事故で足首を痛めて、医者から二週間は動けないと言われたそうです。頭取にお会いできないのは寂しいと言ってましたわ。とにかく臨時のパートを探しますが、お耳には入れておこうと思いまして」

「ありがとう。ああ、グレース、花屋に電話して、何か届けるよう手配してくれ。僕の名前でカードも頼む。一日も早い回復を願っている。戻ってくる日が待ち切れませんとね」

「はい、ミスター・オズボーン」

マーカスはインターコムを切った。視線を上げると、困惑顔のジャスティンが目に入って、おやと思った。なるほど、会えなくて寂しいと言う女性に花束を贈るとはどういうわけか、というのだろう。説明する必要はないが、夫や恋人候補から除外される要因は作りたくない。ほかの女性がいると誤解されるのは絶対に避けたい。今自分が相手にしたいのは、ジャスティンただひとりだけだ。

「気の毒な人だよ。清掃スタッフのひとりでね。毎晩、この部屋を掃除してくれている。正確にはこの階全部だ。残業して顔を合わせたときなど、よく話をしている。ご主人が失業中で子供が五人。今はひとりで家計を支えているそうだ」

デスク越しにジャスティンを見やった。場面に応じて思いやり深い表情を作れるところは、なんとも感心だ。まったく、彼女はときに天使のような表情を見せてくれる。

「まあ、大変。傷病手当は出るのかしら」

「もちろんだとも。正規のスタッフだからね」

「その仕事、代わりにやらせてもらえませんか！」

マーカスはあっけにとられた。弱ったことになったと思った。毎晩銀行の清掃に出かけられては、こっちが困る。夜の計画はほかにあるのだ。

「君は何もわかってない」すげなく言い返した。「グウェンはこの階全部を掃除している。午後六時から夜中まで、週に五日。大変な労働だ」

「きつければ私が恐れをなすとでも？」軽蔑《けいべつ》だと受け取ったらしく、彼女はつっかかってきた。

恐れをなすと思ってはいなかった。ただ彼女には仕事そのものがまるでわかっていない。「やってみせるわ」強気の口調だった。「できるわよ。絶対できる」訴えるように身を乗り出す。かわいい顔が熱を帯び、うっとりするほど真剣な表情だ。「大学はまだ二週間始まらないわ。土曜には、食事つき下宿の広告を新聞に載せるつもりよ。大学に近くて便利だから、学生はたくさん集まると思う。でもまだ最低三週間は収入のあてがないの。二週間分のお給料があればなんとかなるわ。お願い、マーカス」彼が黙ったままでいると、最後は懇願してきた。

マーカスは身を硬くした。胸にファースト・ネームで呼ぶ声がからみつき、これまでどんな女性にも二度と感じたくないと思ってきた感情が刺激されていた。思いがけないか弱さを見せられた我が身の反応は、すばやくしかも強烈だった。くそっ、彼女に心の奥には触れてほしくない！　触れるのはもっとずっと下の場所だけでいい。

と、突然マーカスは、自分が歩き、座り、寄りかかった場所を四つんばいになって磨き立てているジャスティンの姿を思い浮かべて、よこしまな魅力を感じた。このほうが思いどおりの位置、つまり肉体的な欲望の対象としての位置に、彼女をとどめておける。そこには複雑な感情も危険もない。

二人だけで食事をするのは間違いだったと、今さらながら悟った。そんなデートをすればよけいなことまで話してしまう。彼女を深く知りたくはない。知りたいのは体だけだ。この二週間、都合よく残業することだってできるじゃないか。ベッドではなく、このオフィスで彼女を抱いてもかまわない。

「いいだろう」猛然とわき上がってくる欲望の中で、マーカスはなんとか平常心を保とうとした。「仕事は任せる」良心に邪魔される前に、インターコムを押した。「グレース、臨時のパートの件は心配しなくてよくなった。仕事ができて、しかもやりたいという人間がここにいるんだ。すぐそっちに行って話をしてもらう。人事部に案内して、短期採用の手続きをとってくれ」

「わかりました」グレースは従順に答えた。

「君は仕事ができるし、やりたい。そうだね、ジャスティン？」どうしても、少しせせら笑うような感じになってしまう。笑う対象は自分自身だ。

おまえは負けたんだ、マーカス。ついに負けてしまったんだ。

マーカスの口ぶりに、ジャスティンは腹を立てた。「その気になれば、なんでもできると前に言ったわ。あのときも今も信じてもらえないんですね」

「百聞は一見にしかずだよ、ジャスティン」

ブルーの目がすっと細くなり、かわいい下唇が突き出された。「ええ、しっかり見ていただくわ」

7

「掃除婦の仕事をするつもりなの！」

「たった二週間じゃないの、ママ」ジャスティンはキッチンを歩いて冷蔵庫を開けた。さっき銀行から戻ったところで、冷たい飲み物が欲しくて仕方ない。外は酷暑だ。

ドアポケットにコーラの缶が冷えていた。最後の一本だった。そろそろ買い物に行かないと、二人して壁のペンキをなめることになってしまう！

「だけどね……だけど」母は後ろで口ごもっている。

「だけど何？」とげとげしい口調になったが、冷蔵庫のドアを乱暴に閉めるのは、かろうじて思いとどまった。

「どんな仕事かわかってるの？」アデレードが不安そうにきく。

「やめてよ、ママまで！」プルトップを引いて、缶を口元に持っていった。

「どういうこと、ママまでって？」

冷たいコーラも、むしゃくしゃした心には効果がなかった。気温の上昇とともに、少しずついら立ちがたまってきている。この夏は百年来の猛暑だと、母が毎晩欠かさず聞いている天気予報が言っていた。

「マーカスも私には無理だと思ってるのよ。でも見てらっしゃい。できないかどうか、はっきり証明してやるから！」

ジャスティンはさらにコーラを流し込んだ。

「マーカス？」

「マーカス・オズボーン」いらいらと説明した。「銀行の頭取よ。フェリックスのパーティに来てたの。今日会ってきた人よ。すごく道徳家ぶった人！　偉そうなにやにや笑いを、あの憎たらしいほどハンサムな顔から絶対にはぎ取ってやるわ」

「憎たらしいほどハンサムなの？」

「そうよ！」

「その憎たらしいほどハンサムな人はいくつなの」

「三十代半ばくらいかしら。よくわからないわ。若く見えるときも、年に見えるときもあるから」

「独身？」

「ママもトゥルーディと一緒ね！」首を振って、憤慨しながらコーラを飲み干した。

「まあ。どんなところが？」母はわからないというふうにきく。

「トゥルーディも、私をその人と結婚させたがってるの。彼女ったら彼が私を好きだなんて、とんでもない勘違いをしてるのよ。この前、彼を困らせて融資をオーケーさせたけど、たぶん今では向こうも後悔してるわ。だけど紳士だから約束を撤回できないのね。私のことは信頼できない能なしだって思ってるわ。失敗するのを待ってるの。絵を買うと言い出したのも、融資を認めてしまった自分がまぬけに見えないようにするためなのよ」

「その人が絵を買ってくれるの?」

「気に入れば、だけど。アンティークにも興味を示してたわ。今日の午後、見に来る予定よ」

「気に入ってもらえなかったら?」

「気に入るわ。マーカス・オズボーンのようなタイプは常に損得勘定が働いてるの。あの品物は全部値段以上の価値があるわ。彼はよくわかってるのよ」

「あなた、本当に彼に好感は持ってないのかしら」

ジャスティンは考えてみた。大きな革張りの椅子に座った姿は、ひどく威圧感があって、そう、とても尊大だった。「彼といると、いらいらするわ」

「それだけ? 彼は男よ。男は女をいらいらさせるものだわ。でもね、一番いらいらする人が一番魅力的だってことが往々にしてあるのよ。話を聞くと、ミスター・オズボーンの下で掃除婦をするより、彼の奥さんになるほうがずっとすてきそうじゃない」

ジャスティンは笑った。「もしミセス・オズボーンになる日が来たら、裸で式を挙げてもいいわ」

母は気になる心得顔の微笑で答えた。「楽しいお式になりそう。ベールは長いのにしましょう」

「とてもおもしろいわ、ママ」

「冗談を言ってるんじゃないのよ。ただ、男の人のことでそんなに神経質になってるあなたは初めてだから。いつもは男性に無関心でしょう。あなたの興味を引こうと、こりずに頑張ってる人たちがいるっていうのにね。ミスター・オズボーンが気を引こうとしなかったのは確かなの？　さりげない大人のやり方でも？　これまでのあなたの信奉者は坊やばかりだけど、三十半ばなら立派な大人の男性でしょ」

ジャスティンはたまらず歯がみした。「ママ、もう一度だけ言うわ。マーカスは私を好きじゃないし、私の気を引こうともしてないの。根っからの銀行家で、血の代わりに冷たい氷が流れているような人なの。好きな女性がいるとすれば、きっとデーム・ネリー・メルバだわ！」

「オペラが好きな人なの？」

「さあ。私が言いたいのは、メルバがお札に印刷された幸運な女性だってこと。きっと彼は毎晩彼女におやすみのキスをしているわ。さてと、銀行家さんの話はここまで。話してても血がのぼって暑くなるだけだもの。体が溶け出す前に、ゆっくり冷たいシャワーでも浴びて、涼しい服に着がえてくるわね」

マーカスはモンゴメリー家の手前で淡いグレーのメルセデスを止めると、建物を見やった。屋敷とまではいかないが、石造りの立派な二階建てだ。敷地が広く気持のいい庭に囲まれている。ここは通りの突きあたりでもあり、後ろにはレーン・コーブ川を望む国立公園の森が広がっている。高級住宅地として名高いシドニー湾北岸《ノース・ショア》の郊外、しかもこんなに閑静な場所とあっては、競売で百万ドルは優に越すだろう。ジャスティンは正しかった。こんな願ってもない不動産が担保なら、こっちに損はない。

そうと知ってもいっこうに穏やかな気持にはなれないまま、マーカスは車のドアを開けた。とたんに熱気がおそってくる。今年の夏の暑さには誰もが閉口しているが、天候がどうあれ、彼にはほとんど関係がなかった。過ごすのはたいてい空調のきいた室内だ。家にも車にも冷房はついている。日曜にはセーリングもするが、海では暑さを感じない。

容赦ない午後の日差しの中でも、マーカスはちらりと頭をかすめた、上着とネクタイを取ろうかという考えを脇《わき》に追いやった。心地悪さは我慢しようと決め、歩道を大股で進んで門を通り過ぎた。玄関先の日陰に入るとほっと息をついたが、ベルを鳴らしてもなかなか返事がなく、たいして落ち着くことはできなかった。額に浮き出し始めた玉の汗は、ハンカチで押さえても間に合わないほどだ。

ドアが開いて、そこにあらわれた当家の娘を見ると、マーカスはますます居心地が悪くなった。身につけているのは、やたらと短いデニムのショートパンツに、ストロベリー色のチューブトップだけ。かわいい顔はメークを落としたあとで、湿って濃く見える長いブロンドが、むき出しの肩でからまっている。シャワーを終えたばかりなのだろう。片手にブラシを握ったままのうろたえた表情からして、ずいぶん驚かせてしまったらしい。

「早いじゃない！」ジャスティンが責めた。

「僕の時計では二時きっかりだが」

そばの振子時計がいきなり時を告げた。

「まあ、本当だわ。ごめんなさい。時間の感覚がなくなってたみたい。いらっしゃる前に着がえるつもりだったのに」

着がえる？　着がえてほしくはなかった。彼女にはこのままの格好でいてほしい。もっとも、むき出しの肩に視線を走らせ、心を乱すほどあからさまな赤いトップの下の輪郭をすばやく目に焼きつけているときに、平静でいるのはひと苦労だった。つんと立った胸の頂に目を留めずにはいられない。そこをどうしたいかと想像するのは、とんでもなく危険な行為だった。

「その必要はない」声が少し詰まった。「今の服でかまわないよ」

「このほうが、今朝着ていた服よりずっとすずしいの。あなたは？　そんな格好で暑くありません？」

彼はぎこちない笑みを返した。「少しは暑いかな」大きなごまかしが口をついて出た。

「それなら遠慮しないで、中で上着を脱いで」

彼は緊張しながら、洞窟《どうくつ》を思わせる比較的すずしい玄関ホールで、されるがままに上着を脱いだ。

「その暑苦しいネクタイも」彼女はそう言って手を伸ばしてきた。

服を脱いでと言われた男は、自分が初めてではないだろう。しかし最後でもないんだぞ、とマーカスは自分に言い聞かせた。「告げ口はしないかい？」口元をゆがめながらネクタイを緩め、首から抜いた。

彼女の形のいい眉が不思議そうに上がった。たぶん今の言葉の軽薄な響きに驚いたのだ。

「言う相手がいるの？　あなたは銀行で一番偉いんでしょう」

「答えにくいね。僕は確かに頭取だが、銀行を所有しているわけじゃない。自分の行動は役員会に報告しなければならないんだ」

「役員会は、仕事をしている時間は頭取がスーツを着るように要求しているのね？」

「ラフな格好には眉をひそめられるだろうな」

彼女は乾いた笑い声をあげた。「きっとそうだと思うわ。でも、ここに役員はいない。

あなたは仕事を抜けてきたのよ。今朝の秘書の言葉から推測すると、あまり仕事をサボったりはしないみたいね」

「仰せのとおり、その点では新米だ」

「私は学校サボりのプロだったわ。サボるときの一番のルールは制服を脱ぐことよ。制服のまま楽しめる人なんていないでしょう。さあ、そのネクタイを渡してくださる？　あなたなら、私が後ろを向いたとたんにまたつけちゃいそうだわ」

マーカスは素直に従い、それから彼女が上着とネクタイを階段下のクローゼットにしまうのをじっと見つめた。彼女の後ろ姿に口の中がからからになる。このデニムのショートパンツ、それに悩殺的なチューブトップはまさに爆弾だ。

「ルールの二番目は？」向き直った彼女にきいた。我ながらうまく落ち着いたふりができている。

「二番目なんてないわ。あとは個人次第。ただ流れに任せるの。サボるっていうのは、やるべきことではなく、したいことをするのが本来の目的だもの」

「君は何をしたかったんだい、ジャスティン」

彼女は悲しげな微笑を浮かべた。「それは言えないわ。あなたにはただでさえ、情けない、いい加減な人間だと思われてるのに。疑いを確信に変えるようなまねはしたくないの。ただ、そうね、ミセス・ブロッグズの体の発達や性教育の授業と比べたらどんなことでもましだった、とだけ言っておくわ」

見ていると、彼女は思い出しながら口元をゆかいそうにゆがめ、目をいたずらっぽい喜びに輝かせた。彼女がどちらの授業も必要としなかったのは、はっきりしている。理論より実践を好んだのだろう。

そのころ自分も同じ学校に通っていれば、とマーカスは思った。ジャスティンとなら、喜んで一緒に授業をサボっていただろう。彼が通ったのは男子校で、女の子はもとより女の先生もいなかった。いるのは体罰についての法改正があったことにも関心を払わない、情に欠ける厳しい先生ばかりだった。

だが、今そのことを考えるのはよそう。今は幸運にも自分の人生にかかわってくれた、明るくて活発なこの女性だけに注意を集中させていたい。

もう彼女を悪いふうには考えられなかった。金持なりの育てられ方をしているが、悪い人間じゃない。冷たくもなく残忍でもない。彼女はステファニーとは違う。たとえて言うなら、退屈な銀行家の生活にふっと吹いてきたすがすがしいそよ風か。

急に銀行の仕事がいやになってきた。毎日十八時間働くのはもううんざりだった。自分だって楽しみたい、サボってみたい……彼女と一緒に。

邪魔がなければすぐにも彼女を抱き寄せて、かわいい唇に感覚がなくなるまでキスをしていただろう。だが、ここで突然、ろうかにひとりの女性が姿を見せた。ジャスティンの母親のようだった。

彼女は母親らしい態度で彼を見上げ、見下ろした。「銀行からいらしたミスター・オズボーンですね」片手を出して歩み寄ってくると、そこでぱっと笑顔になった。「はじめまして。ジャスティンの母のアデレード・モンゴメリーです」

「はじめまして、ミセス・モンゴメリー」ふっくらとした小ぶりな手を握りながら、マーカスは相手の姿を観察した。

体は肥満ぎみで、場にそぐわないほど着飾っている。優雅な生活をしている女性の典型だろう。過度に甘やかされていたのは明らかだだが、それでもアデレード・モンゴメリーの笑顔には、その育ちとは相いれない子供のような魅力があって、見る者に一瞬で好感を抱かせてしまう。

「どうぞ、アデレードとお呼びになって。娘も私も形式張ったことは嫌いなんです。そうよね、ジャスティン」彼女はいとおしげに娘の腕を取った。

「それでは、僕もマーカスと呼んでください」

「まあ、いいお名前だこと。あなたの案内は娘に任せます。しっかりやってくれるはずですわ。私は今回助けていただいた件で、お礼のごあいさつをしたかっただけですから。あなたのような方が、人を人間不信から救ってくださるんです。それに銀行不信からも」さっきと同じ気持のよい笑顔でそう言い足した。

「トムが来たら、あのことを言っておいてね」ジャスティンが小声で言い、母親は表情をくもらせた。

トムとは誰のことかと思っていると、アデレードがつらそうに顔を上げた。

「庭師なんです。いえ、庭師でした。もう彼を雇えないとジャスティンが言うんです」優しい、相手の心をしめつける少女のような声。「もう来なくていいなんて、どんな顔をして言ったらいいのか……」

それなら庭師の給料は僕が、とマーカスはすんでのところで言いそうになった。それほどに彼女の印象は強烈で、長い間眠っていた男の保護本能が呼び覚まされた。アデレードには、娘とはまた違う、男の中の別の感情がかき乱される。

「ママ、マーカスの前で話すことじゃないわ」その娘が口元をこわばらせた。

母親は頬を赤らめた。「そう、そうだったわね。ごめんなさい。許してね。うっかりしてたの。自分たちの問題は自分たちで解決しないとね」

「そうよ、ママ。さあ、私はマーカスにおばあ様からもらったものを見せてくるわ。今晩は仕事に出かけなきゃならないし。覚えてるでしょ」

「ええ、ええ。それでは、またね、マーカス。時間があれば午後のお茶を一緒にいかが」

「いいですね」マーカスは答えた。

母親は、しゅんとしてろうかの奥に消えた。マーカスはジャスティンに腹を立てたが、ふと見ると、彼女の顔にも同じ苦しみがあった。彼女の抱えている問題の大きさと、その か細い両肩に引き受けた責任の重さを、マーカスはこのとき突然理解した。

抱きしめたいという欲望は相変わらずだったが、今はそこに同情が混じっていた。気を引きたいのと同じくらい、彼女を慰めたい。二つの感情はなじみ合うものではなく、どうにも具合が悪かった。

「ごめんなさい」眉をひそめたマーカスを見て、ジャスティンがため息をついた。

「君があやまることじゃない。君の気持がやっとわかったよ。お母さんは強い人じゃないんだね」

「ええ」

「家の売却には耐えられそうにないわけだ」

「平気でいられるとは思えないわ。さあ、まずは二階のものから見ていただくわね」

彼女はさっさと歩き出し、マーカスはあわててあとを追った。階段を上りきったところで口を開いた。「ジャスティン、さっきの庭師のことなんだが……」

「やめて！」彼女は鋭い声をあげて、くるりと体をまわした。「同情はいらないわ、マーカス。あなたには十分すぎることをしてもらってるの。母にはつらくても、私は我慢できる。私は若いし自分を強いと思ってるわ。いざとなれば芝刈りも、庭の草取りだってできる。それとも、私にはやはり無理だとおっしゃりたいの？」

「重すぎる苦労をしょい込むことにならないか」マーカスは、はっきりした返答を避けた。

「なるかもしれない。ならないかもしれない。でもどっちにしたって、私が決めることでしょう。あなたは私に男の人の支えが必要だと思うの?」くってかかるように言う。

必要なのは腰に手をまわしてやれる男性だ、とマーカスは思った。しかし口にしたのは違う言葉だった。「君に必要なのはね、ジャスティン。友人だよ」

「友人ね!」彼女は鼻であしらった。「父が死んでから、近所の友人はわずかになったわ。前はあんなにいたのに。ボーイフレンドだって。でも、今は芝刈りを頼める人すらいない。もっとも、初めから人に頼もうとは思っていないけど!」

マーカスは眉根を寄せた。どうも予想と違っている。どんな誘いもすぐに受け入れられるつもりだった。歓迎されることはあっても、誤解を受けるとは思わなかった。彼女は玄関から大っぴらにこびを売っていたのではなかったのか。

どういうつもりだ。僕をじらしているのか。こうなったら、単刀直入に言うしかない。

「僕じゃどうかな?」

「あなたが!」

その驚きようにマーカスはひどくいら立った。「そうさ。誰のことを話してると思ってたんだい」

8

ジャスティンは言葉が続かなかった。「でも、でも……」

「どうした」彼はさらりと言う。「僕と友だちになれないわけでもあるのかい、ジャスティン？　嫉妬《しっと》するボーイフレンドはひとりもいないと言ったばかりじゃないか。僕のほうなら離婚してるし、今はつき合っている女性もいない」

暗い瞳で体を眺めまわされると、ジャスティンは胃がきゅっと縮んだ。私だってばかじゃない。彼はトゥルーディと私のような友だち関係を望んではいない。彼が言うのはボーイフレンドだ。でも、彼は〝ボーイフレンド〟という言葉で表現できる人じゃないわ。〝情夫〟と言ったほうがふさわしい。

マーカス・オズボーンは私の体を求めている。

なんてこと！

トゥルーディは間違っていなかった。マーカスは私に惹《ひ》かれている。融資の件も、絵やアンティークを買おうと言ったのも、おそらく公正な判断や思いやりからではなく、私の体が欲しかったからだ。

結局、彼もウェード・ハンプトンとさして変わらない人間だった。ただやり方が巧妙だっただけ。

本当ならここで憤慨すべきところだ。銀行を訪れた先週の金曜の自分なら、かんかんに怒っていただろう。土曜にフェリックスのパーティに顔を出した自分なら、きつく言い返していた。今朝彼のオフィスに行った自分なら、不快な顔を見せていた。

けれど、それ以来何かがジャスティンの中で変わっていた。母の言葉どおり、これまで会ったどんな男性より、マーカスは私を神経質にさせる。

さっき彼を迎えたときから、実際いつもの自分ではなかった。興奮してよくしゃべり、なれなれしい態度を見せて、その上服まで脱がせてしまった。彼に触れてみたいと無意識に思っていた？　広い肩が本物か、上手な仕立てのせいか確かめたかったの？

触れた感じでは確かに本物だったけど。

ジャスティンは彼を見つめ、何も着ない彼はどんなかしらと考えた。考えてよけいに気持が動揺した。体中の血が熱くなり、首から顔がほてっていく。

そんな……。トゥルーディは別の点でも正しかったというの？　怒ったりいらついたりした裏で、私は初めからマーカスの男の部分に惹かれていた？

まさかという思いと現実とが激しくぶつかった。マーカスは私を求めている。私を手に入れるためなら、たぶんなんでもする。道徳基準を下げ、大切な決めごとを破り、自分こそ正しいという態度さえ曲げるかもしれない。そう思うと愕然《がくぜん》とした。

何をどうすべきか、もうまるでわからない。

「ジャスティン？　どうかしたかい」

「なぜ友人になりたいの？」とっさにそうきいていた。「私を好きでもないのに」

彼と目が合った。ジャスティンは視線をそらすことができなかった。急にセクシーさを帯びた彼の瞳にあっさりと拘束され、心臓が激しく鼓動した。

「ジャスティン」かすれた声で言うと、彼は右手の指先で頬をすっとなでてきた。

立ちすくんで目を見開いている間にも、彼が頭を下げてきて二人の唇が接近する。キスをするつもりなんだわ。そのキスを私は受け入れようとしている。

何も起こってないんだとごまかすように、固く目をつぶった。私がこのままマーカスにキスを許すなんてことがあるの？　とても考えられない！

彼の唇がかすめると、小さく声がもれた。離れるとなぜか苦しくて、だだをこねるようにまた甘い声が出てしまう。こんな一瞬だけのキスで終わるのかと思うと、とたんに胸の詰まるような切なさを感じ、今度は背伸びをして自分から唇を押しつけた。

彼はうめいた。今まで軽く顔に触れていた手を即座に首の後ろにまわすや、唇はとらえたままでしっかりと彼女のうなじを支えた。もう一方の手は腰の後ろ側まではわせ、そこでぐいとジャスティンを抱き寄せる。体全体が彼にぴったりと張りついた格好になった。胸も、おなかも、腿も、どこもかしこも彼と触れ合っている。

信じられない気持だった。彼から受けるこの感覚。彼の体、体温、今も休みなくキスを続ける彼の唇。こんな経験は初めてだ。キスがこれほどの興奮と欲望を引き起こすものだとは思いもしなかった。もっとキスが欲しい。もっと彼を知りたい。彼の責め苦に、思わず声をもらして唇を開いた。彼が次の行動に移るにはそれだけで十分だった。

舌が触れ、奥まで入ってきた。ほかの男性のときは嫌悪感しかなかったのに、マーカスにかかると、理性を見失うほどの快感が、どんどんふくれ上がっていく。突き上げてくる欲望は終わりがなかった。そのとき、唇が離れようとしたので、ジャスティンは彼の両肩をつかんで再び唇を合わせ、あとになれば自分でも唖然《あぜん》とするような強い衝動に駆られて舌を差し入れた。

マーカスはようやく唇を離すと、ジャスティンを強く抱きしめた。「君に人前でキスはできないな」かすれた声でつぶやく。彼の胸がジャスティンの胸で上下した。「ああ、ジャスティン……」

「もう一度よ、マーカス」ささやいて顔を上げた。

彼はその顔に手を添えると、初めからキスをくり返した。ジャスティンは再び目を閉じ、苦しさにあえぐように何度も息を吸った。まぶたにキスをされたときには、そのたびに小さな声がもれた。

「君が欲しい」彼はくぐもった声で言い、息を乱している彼女の唇にようやくキスを戻した。「君もそうだと言ってくれ」キスが唇の上をさまよう。ジャスティンは期待と興奮で死にそうだった。「感謝の意味で従っているだけじゃないいんだろう？　本心だと言ってくれ、ジャスティン。言ってくれ！」

「そうよ」言葉にできたのはそれだけだった。頭がくらくらする。動悸《どうき》が激しい。「そうよ」ジャスティンは再び彼の唇に溶けていった。

返事を聞いて彼女が陥落したと感じるや、マーカスの中で大きな喜びがはじけた。やった、と思った。今の反応は演技ではない。彼女も同じなのだ。自分と同じくらい強く求めてくれている。

欲望のままの執拗《しつよう》なキスに対して、彼女の反応は、これ以上望めないと思うほどすばらしかった。

まさに欲情を刺激する女性だ。甘くもれる声。ぴったりと体を寄せるしぐさ。彼女の中に入ったらどんな感じなのだろう。もうそのことしか考えられなかった。想像するだけで体がひどく興奮してしまう。

力を込めて彼女を床からわずかに持ち上げ、近くの部屋に運び込んだ。その間も唇は離さなかった。入ったのは寝室だった。視界のすみに、大きな四柱式ベッドのある広い部屋が映っている。彼女を引っ張るようにしてクリーム色のキルトの上に倒れ込み、階下の母親のことはなるべく考えないようにした。

すぐにキスだけでは満足できなくなった。ほかの場所にも触れて味わいたい。気持の抑えがきかなかった。いつもの自分でなくなっている。

その思いは彼女も同じようだった。

マーカスが挑発的なチューブトップを引き下ろしても、あらわになった完璧《かんぺき》な胸を眺め、次いで唇を押しあてても、彼女は抵抗しなかった。淡いピンクの頂を、感じているとはっきりわかるほど舌で尖《とが》らせると、彼女は切ない声をあげて、身を任せるように彼の下で体をそらした。胸をきつく吸い、そっとかむと彼女は大きくあえいだ。彼が唇を離すと不満の声をもらした。「これが好きなんだね？」

「ええ」彼女は目を大きく見開いた。

よくわかる。しかし、マーカスは残念な思いで、とにかく気持をしずめようとした。今彼女を裸にしたいのはやまやまだが、慎みの声がもうやめろと命じている。母親がいつ上がってくるかわからない。

それでも、差し出されたひとときの歓喜に背を向けるのは、不可能に近かった。あと少しでやめよう。そう決めると、彼女の顔を見つめながら、美しく盛り上がった胸に右手の甲をすべらせた。鋭く息をのむ姿に狂おしい喜びを感じる。濡《ぬ》れたままの頂に触れると、そのたびに彼女の顔が興奮にゆがみ、彼の心は躍った。マーカスは片方を指ではさむと、さらに固く、さらに敏感に突き立つように刺激した。

彼女の唇が苦しげに開き、大きなブルーの瞳にも、徐々に欲望の色が濃くなっていった。どうやら官能の海におぼれて、相手にも自分にもストップがかけられなくなっているようだ。今なら何を求めても、危険などかえりみずに応《こた》えてくれるだろう。

いつも男に対してこれほど大胆なのか。そう考えて一瞬困惑したが、すぐに頭から振り払った。だったらどうだというんだ。それこそ望んでいた関係じゃないか。欲情が燃えつきるまでの気楽なセックスの相手。ほかの男と何をしようが関係ない。一番困るのは、彼女と感情的にややこしくなることだ。

「ジャスティン！」突然、階下から彼女の母親が呼んだ。「上にいるの？」

マーカスは小声で悪態をつくと、彼女を残してベッドからさっと立ち上がった。ジャスティンはといえば、一瞬遅れて気がついたようだった。はっと半身を起こし、固くなったままの胸に、真っ赤な顔でトップを引き戻している。

その赤い顔を見て、マーカスは思わず頬を緩めそうになった。親に見つかると思うと、どんな発展家の娘でも恥ずかしくなるらしい。人のよさそうな母親は、自分の娘がまだ世間知らずのバージンだと思っているのだろうか。

生前のグレイソン・モンゴメリーは、そんな幻想は抱いてなかったろう。世故にたけた彼なら、生まれつきの、かつ間違いなく大胆に花開いた娘の官能性に気づいたはずだ。男なら誰だってわかる。

彼女は必死でキルトを直していたが、マーカスと目を合わせてはくれなかった。実のところ、彼女の恥じ入った動揺ぶりには強く心を引かれた。奔放な姿との落差が大きすぎるせいだろう。ついさっきまで胸をあらわにして彼の手だけに応えていたのだ。

「ジャスティン?」また母親の声がした。こっちに近づいてくるようだった。

9

ジャスティンはうめき、苦い思いでベッドのキルトに最後の一瞥《いちべつ》をくれてから階段に走った。マーカスのおもしろがっているような視線は金輪際、無視することにした。

「ここよ、ママ。どうかした？」

母親は階段のとちゅうで息を切らしていた。ジャスティンもひどく呼吸が苦しかった。母が黙って上がってこずに、先に名前を呼んでくれてよかった。

「トムが来てるの。用があったら二人で裏庭にいるから。マーカスのほうはどう？　見せたものを気に入ってくれた？」

「もちろんですよ」答えたのはマーカスだった。彼は階段の手前にいるジャスティンのそばまで来ると、両手で手すりを持って身を乗り出した。

ジャスティンはまた体中が熱くなった。目の前にあるこの手が、ついさっきまであんな信じがたい行為を私にしかけていたのだ。トップの下の胸はまだ燃えるように熱い。

「それはよかったわ」明るくそれだけ言うと、アデレードはまたよろよろと階段を下りていった。

ジャスティンはマーカスの横で凍りついていた。混乱がますますひどくなっていく。真実の愛ではないのよ、と常識が警告する。ようやくめぐり会った百万年にひとりの人ではないのよ、と。

それでも、彼のことはとにかく気になった。そして落ち着かなかった。ベッドでは頭が真っ白になっていた。自分を抑えられないことに不安を感じはしたけれど、あんなに興奮したのは初めてだ。

なのに、マーカスときたら、とまどいも混乱もまったく感じていないらしい。母親がいなくなるや、彼はすぐさま彼女を抱き寄せて、頭がくらくらしてくるまで、またキスをくり返した。

「あなたって、いつも女性にはこうなの?」ようやく唇が離れると、彼女は弾む息の下からたずねた。

「こうとは?」

「こんなに……意地悪なの?」

マーカスは笑った。「お互いさまじゃないのか? さっきも今も、君は僕を止めようとしなかった」頬から耳へと唇を移し、耳にそっと息を吹きかける。

「変になるのよ」ジャスティンは激しく体を震わせた。「こんな気持は初めて……」

「それから？」鼻先を彼女の首にすりつける。

「あなたこそ、私に話すべきことがあるんじゃないかしら」ジャスティンはかすれた声で言った。

マーカスは顔を上げて、細めた目でじっと見つめる。「なんのことかな」

「融資を決めたのは、私を抱きたかったから？」

「イエスと言えば頬をぶたれるのかい」

「ぶたないわ」

「ならイエスだ。そういう気持もあった」

最悪の返事だったというのに、マーカスへの嫌悪は生まれなかった。むしろ求められているという事実に体が震えた。彼にすれば不本意な欲望だろう。よく思われていないのは、十分わかっている。

「金曜日に会ったときから、自分の気持と戦っていた」彼はじらすように彼女の口元で指を遊ばせながら苦笑した。「君がパーティに、あんなドレスを着てこなければ、気持は抑えられたかもしれない。あの赤いドレス姿が他人の目にどう映っているか、君は知っているのかい。僕がどんな気持になったか、少しでも想像できるのか」

「できないわ……」できるはずがない。肉体的な喜びを知ったのは今日が初めてだ。だがその奥深さをかいま見た今ならよくわかる。あんな喜びが手に入るなら、善悪など棚上げにしたいと思うのも当然だ。

「今から僕とおいで」彼の指がジャスティンの喉元をすべり、今なおうずいている胸へと下りていった。「教えてあげるよ」

「今から?」息がつけないまま、きき返した。

「そう。僕の家へ行こう。それほど遠くない。家には誰もいない。二人きりだ」

行きたかった。けれど、マーカスにすべてを捧《ささ》げている自分を想像し、彼にバージンを奪われる、バージンだと知られてしまうのだと思うと、とたんにわけのわからない恐怖で頭がいっぱいになった。

「そ……それはだめ」気持をかき乱す彼の指と抱擁から身をよじって逃れた。

「なぜだ」彼は鋭い口調できいた。「さっきは君も望んでいたのに。どうして急に変わるんだ」彼の表情がこわばり、黒い瞳が冷たい光を放っている。「からかうのはやめてくれないか、ジャスティン」

「私はただ……あなたが……あなたがあまりに性急だから。それがいやなの!」

彼は片方の眉を上げ、せせら笑うように口元をゆがめた。「僕を待たせたいんだ。そうだろう?」

「たぶん……自分を待たせたいんだと思う」

「ああ……」

その〝ああ〟がどういう意味かはわからなかったが、ジャスティンの背中にぞくりと快感が走った。

「それでいて僕を意地悪呼ばわりかい」彼が低くつぶやく。「まあいい。好きにするといいさ。それで？　僕とはいつデートしてくれるんだい」

いつ……。彼の言うデートが、ベッドを共にするという意味であることはジャスティンにもわかった。

彼のずうずうしさを責めることはできない。私がその気にさせてしまった。それは間違いない。実際マーカスには、私の初めての相手になってほしかった。真実の愛を待ち続けたいだなんて、今思えばロマンチックな夢物語だった。それもこれも、男の人に体を投げ出して親密な関係になるためには、途方もなく深い、特別な愛情が必要だと思い込んでいたせいだ。体を犠牲にするという感覚で、純粋な喜びを求めて協力するというとらえ方ではなかった。


今日のマーカスとの行為で感じたのは純粋な……いえ、それほど純粋ではないかもしれないけれど……でも確かに快感、それも背を向けることのできない快感だった。

だが、大きなイベントを前にした当然の不安とは別に、未経験だと知られたら彼に二の足を踏まれてしまいそうな恐怖があった。彼には派手な社交家だと思われている。出会ったときのいきさつや、彼女の暮らしてきた社会を思えば仕方がないだろう。バージンなんてそうそういない。たくさんの相手と関係しているほうがふつうなのだ。今どきの男性はベッドインを前提につき合う。最初の日からでなくても、そのうちにと思っている。

マーカスは成熟した男性だ。私と性的な関係を望んでいる。ここでいやだといえば、もっと喜んで相手をしてくれる女性のところに行くだろう。

想像するとひどく落ち込み、そんな自分にジャスティンは唖然《あぜん》とした。

「いつだい、ジャスティン？」険のある声だった。

「土曜の夜なら」つい返事をしてしまった。

「土曜の夜！　はるか未来の話じゃないか。どうして今夜じゃだめなんだ」

「今夜は仕事なの。覚えてるでしょう？　今日から休みなしで二週間」

「そうだった！　認めたときに悪い予感はしていたんだ。仕事はほかの人間を探そう。それで僕らは毎晩一緒に過ごせる。必要な金は僕が出すよ」

「だめ」

「だめって何が」いらだたしげにきいてくる。

「仕事はほかの人にまわさないで。それから、お金は一ドルだって受け取らないわ！　生活費は一から十まで自分で合法的にかせぎます。前にも言ったように、私はお金のために男性と寝たりしないの」

まさか。マーカスは不信感をぬぐえなかった。僕が今の地位に、つまり銀行を自由にできる立場になかったら、今ここに彼女といただろうか。

「僕と寝るのは何があってもごめんだ、とも言わなかったかな」冷たく言ってから彼女をじっと観察し、表情に罪の意識や、さっき情熱的に反応したのは思惑があったからだという証拠があらわれないか観察した。見た目どおり本心から僕を求めていたのなら、どうしてことを先延ばしにしようとする？

待ってほしいと言われても、それがさらに深い性的満足を得るためのエロチックなゲームだとは思えなかった。経験からして、女性のしかけるゲームは快楽より力関係を変えようとしてのことが多い。待たされて耐えがたいほどじらされるのは僕のほうだ。そのうち限界がくる。欲望を解放してもらえるならなんでもすると言いたくなるだろう。彼女はもうプランBに移ったのだろうか。どこまでが本当で、どこからが芝居なんだ。

別にいいさ、とマーカスは陰険な考えにひたった。土曜日は必ず来る。そして僕は必ず思いをとげるぞ。

「そうだわ、目的のものを見てもらわなくては」唐突に言うと、ジャスティンは困惑した視線を向けてきた。「本当に買う意思があればだけど。まさか、誘惑するためだけに来たとは言わないでしょう？」

彼女を誘惑？　笑わせないでくれ！　彼女に誘惑はいらない。彼女ほどすぐに燃え上がる女性は初めてだった。今思うと、いったいどうごまかせばベッドの上であんな芝居ができるのかと思う。僕が触れると、彼女の体は自然に、本能的に応《こた》えた。しばらくは僕の意のままだった。そっと触れるだけで反応する胸の頂。彼女の甘いうめき。あの身もだえ。いけない、想像するのはよそう。さもないと土曜の夜どころか、今夜さえ待たずに気が変になってしまう！

「これ以上もう何も白状する気はないよ。つまり君は、代わりに別のことをしようという僕の提案を、考え直す気はないんだね」

「そのとおりよ」彼女は、はっきりと答えた。

「じゃあ、始めてくれ」マーカスはぼそりと言った。

まさに試練が求められる午後だった。マーカスはそのあとの役目になかなか集中できずにいたが、それでも差し出されている品物の価値がわかるや、長年培われてきた利益への執着心が頭をもたげてきた。

絵はどれも著名なオーストラリア人画家の描《か》いた、手に入りにくい作品ばかりだった。彼女のつけた値だけの価値は十分にある。もしかすると、それ以上かもしれない。アンティークの多くは小ぶりの珍しいテーブルで、やはりいいものぞろいだった。十八世紀のくるみ材と紫檀《したん》の象眼細工の賭博《とばく》台などは、競売にかければかなりの値がついたろう。仕事ぶりが驚くほど丁寧で、彼女の言い値で買うのが申しわけなく思えるほどだ。ジャスティンにもそう言ったのだが、しかし彼女は片手を振ってしりぞけた。

「どれも私のつけた値段で十分。それに、大事に扱ってくれる人の手に渡ると思えばうれしいわ。あなたは私と同じくらいおばあ様の品物を、特に絵画は大事にしてくれる。私にはわかるの」

「全部君のものなのか、ジャスティン？　お母さんのじゃなくて？」マーカスは眉根を寄せた。

「今見せた分はそうよ。おばあ様が私に遺《のこ》してくれたの。母のものは売りたくなかったわ。母はただでさえいろんなものを失っているんだもの」

マーカスは感動すると同時に困惑した。彼女がふいに涙をこらえたように見えるとなおさらだった。「売りたくなければそう言ってくれ」

「気持の問題じゃないわ、マーカス。仕方がないのよ。持ち物を売るか、家を失うか。そして母は家をなくすことにとても耐えられそうにない」

マーカスはよけいにわからなくなった。僕は操られているのか。彼女はもっと援助が欲しいとさりげなく訴えてるのか。同情心を利用する気なのか。自分の力で乗り越えたいと言った、あれは嘘《うそ》なのか。

プランBがまた頭をよぎった。資産のある夫がいれば、彼女の問題はひとつ残らず解決する。僕が君の夫にという言葉が喉元まで出かかった。それ以外のやり方では金を受け取ってはもらえないだろう。妻なら夫の財産を使うのに困ることはない。

だが、彼女がもしイエスと言えば、その先に二度目の離婚が控えているのは確実だ。それを思うと、口を閉ざしているしかなかった。フェリックスが言ったじゃないか。〝結婚することはない……〟と。至極もっともな考えだ。そう、僕は土曜の夜を待っていればいい。その代わりに彼女の祖母の品物は将来的に買い戻してもかまわないと伝えよう。どうせ何年間かは投資目的で手元に置いておくつもりなのだ。「ジャスティン、僕は……」

「何も言わないで。言われても断るしかないわ」ジャスティンはぴしゃりと言葉を返した。「融資を受けるのは、返済できると思ったからよ。品物をあなたに売るのも、金額に見合った価値があると知ってるからだわ。施しを受けるんじゃない。正当な取引よ。いつか言ったわね。人生に安楽な道はないって。今はそう思うわ。父が死んでから、いろんな問題に直面させられたもの。そうよ、私はいい家に生まれたわがまま娘だったわ。欲しいものは手に入った。お金の管理もせず、働くこともなかった。でも覚えるわ。あなたがよけいな手出しをしなければ、もっと覚えられる」背筋を伸ばし、断固とした表情で彼を見た。「友人になりたいの？　いいわよ、喜んで。ボーイフレンド？　ええ、かまわないわ。ベッドではきっとすてきでしょう。でも、パトロンはお断り。私にパトロンはいらないの、いい？」

彼女の話しぶりと考え方に、マーカスは感銘を受けた。これが事実だと仮定してだが……。

「信じてくれ。僕はただ君に感謝したかったんだ」

ジャスティンが用心深い目つきになる。「何を？」

「特別すばらしい宝物を手にする機会を与えてくれたことをさ。君に代わって大事にすると約束する。君がこの先買い戻したいと思えば、そのときは同じ値段で引き渡そう」

ジャスティンの目が涙でいっぱいになった。と、彼女は横を向いて、あわてて目をしばたたいた。

マーカスは思わず胸が熱くなった。彼女は最初思っていたよりも、ずっと感受性の豊かな女性だ。これまでの言動についても、快適な生活を捨てられないわがままからではなく、真に母親とこの家を大事に思う気持から出たものかもしれないと思えてきた。

その刺激的なむきだしの肩に、いたわるように片手を置いた。言葉はかけない。もう一度抱きたい衝動と闘っているときに、言葉など出るはずもない。

彼女は濡《ぬ》れたまつげを上げて気丈にほほ笑んだ。「ごめんなさい」そう言って残りの涙を払った。「ふだんはこんなじゃないのよ。今の話、ありがとう。今度の申し出はいやとは言わないわ。あなたの言うとおり、おばあ様の宝物は本当に特別だもの」

マーカスは置いていた手を、きめの細かいなめらかな肩からすべらせた。一番手に入れたい特別な宝はジャスティン・モンゴメリー自身だ。そう考えると胃がしめつけられた。あとはただ、代償が高くつかないことを祈るばかりだった。

10

「嘘《うそ》でしょ！」ジャスティンが今日の出来事をちょっぴり修正して伝えると、電話口の向こうでトゥルーディは息をのんだ。「信じられない」

「でもマーカスが私に惹《ひ》かれていると言ったのは、そもそもあなたなのよ」

「そうじゃないわよ、ばかね。信じられないのは、あなたのほうまで彼を気に入っちゃったってこと」

「ええ、それは自分でも信じられないわ。さっき彼と別れたところで、とにかく誰かに聞いてほしかったの。ママはまだトムと一緒だから話せないし」

「トムって？」

「来てもらってる庭師よ」

「もう雇えないと言ってなかった？」

「雇えないわ。でも、お給料はいらないから続けさせてほしいってトムは言うの。お金はいらないけど、仕事がなくなったら何をすればいいかわからないって。どうもママに気があるみたい。彼も奥さんを亡くしてるのよ。ママもトムが好きなんだと思うわ。お茶の時間もそわそわしっぱなしで、マーカスのことをあれこれ話題にするかと思ったのに、トムのほうばかり気にしてるんだもの。まあ、ママたちのことはともかく、電話したのはマーカスと私のことであなたの意見が聞きたかったからよ。彼と土曜に会う約束なんだけど、バージンだとわかったら彼はショックを受けるわ。私にはわかるの」

「まさか、最初のデートでベッドインするつもり？　ねえ、これって、あなたのことを話してるのよね、ジャシー？　私のことじゃないわよね？」

「そうよ、私のことよ」ジャスティンはため息をついた。全然自分らしくないのはよくわかっているが、でも彼が誘ってきたら私はとても逆らえない。

彼は間違いなく誘ってくる。私にはわかる！

「ちょっと、今日彼に何をされたの？　魔法でもかけられた？」

そうかもしれない。私はマーカスに心を奪われてぼうっとなっている。彼が帰ったあとも、彼のことばかり考えている。ひとりになってまだ十五分なのに、永遠の時がたったように思える。

「思ってた人とは違ったの。彼は……彼は……」

「銀行家よ」トゥルーディは冷たく言った。「それを忘れないで。彼はとんでもない性悪女と結婚してたってパパが言ってた。どんな女か私は知らないけどね。パパによれば一度の失敗でこりごりしてるそうだから、あなたとは結婚しないわよ、ジャシー」

「別に結婚してほしいわけじゃないわ」結婚なんて考えてもいなかった！

「私を誰だと思ってるの、ジャシー。あなたのことはよくわかってるんだから。そこまで気に入ってるからには、あなたはもう確実に恋しかけてるわね。バージンをあげたらもうぞっこんで、この人と永遠にいたいと思い始めるわ。ベッドがよければ特にそう。幸い、そっちのほうは疑わしいけど」

「彼はきっと上手よ！」ジャスティンは母親のベッドで彼に受けた行為を思い出して体が震えた。

「ずいぶん自信たっぷりに言うじゃない。本当に、彼と何があったの？　信じられないわ。あの冷たい銀行家とならその気になるかも、とは言ったわよ。でも、ほんのジョークのつもりだったのに」

「マーカスは冷血漢じゃないわ」

「今度は弁護を始めちゃった」トゥルーディはつぶやいた。「前はあんなに嫌ってたあなたが」

「この前は私が間違ってたわ」

「間違ってなかったかもしれないわよ」

「喜んでくれると思ったのに。セックスを堅苦しく考えるなって、前々から言ってくれてたじゃない」

トゥルーディが電話の向こうで黙り込み、ジャスティンの不安をかき立てた。

「だから、恋してるわけじゃないってば！」

「ふうん」

「意見をきいてもむだだったみたいね。じゃあ」ジャスティンはそっけなく言って電話を切った。

すぐにまたベルが鳴った。母はトムと庭にいるので、仕方なく自分で受話器を取った。

「ごめん」トゥルーディだった。「ひどい友人よね。でもあなたに傷ついてほしくなかったの。ほら、私、真実の愛を待ってるあなたをよくからかってたじゃない。でも心の底ではすてきだと思ってたから」

口元がぶるぶると震え出す。気がつくと思い切り泣いていた。

「泣かないで、ジャシー。お願いよ」

ジャスティンは急いで自分を抑えた。今日はよくよく感情が高ぶってしまう日だ。最初は祖母の遺品のことでマーカスの前で泣き、今は失ったロマンチックな夢を思って泣いている。

「もう大丈夫」ジャスティンははなをすすった。

「大丈夫じゃないでしょ。ずっと大変な思いで過ごしてきたんだから、楽しむのもいいわよ。マーカスとデートしなさい。あなたが望むなら体を許してもいい。でも、そのもろい心には錠をかけておいて。あなたは気軽にセックスができる人じゃないの。できるなら、もうとっくに何人もとしてるはずよ」

「バージンだと知ったら、彼はもう抱いてくれないわ」ジャスティンは悲痛な声を張りあげた。

「私ならそんなふうに決めつけないけどな。よけい求めてくるかもしれないもの」

「驚いて尻込みするんじゃない？」

「どうして」

「だって、彼が持っている私のイメージが全部くずれるのよ。つまり私への期待も全部。銀行でこびを売ったときには迷惑がられたけど、彼があれに惹かれたのも事実だわ。私のことを、男性の体を知りつくした女だと思ってる。友人になりたいと言われたの。でも、彼は若い子と楽しみたいだけなのよ」

「そうね、あなたの言うとおりかもしれない」

「未経験でも、初めのうちは取りつくろえるわ。本で読んでいくらかはわかってるの。ただ大事なときになったら、それだけじゃ間に合わない。彼には初めてだと知られたくないのよ。いい方法はない？」

「そう言われてもね、ジャスティン……」

「あなたのときはどうだった？」

「すごく痛かったわ」

「まあ」

「でも、あっけなかったという子もいるわ。全然痛くなかったって。ただ乗馬がすごくうまい子でね、馬が男に変わっても全然問題なかったのね」

ジャスティンは目を閉じた。なんてあからさまな、恥ずかしい会話をしているのだろう。

「やっぱり、こんなことばかげてる。彼には正直に話すべきなのよ」ジャスティンは言った。

「それが一番いいようね」

「そうしたら、彼は私から離れるわよね？」

「考え直すと思うわ」

「よかった。私が求めてるのはそれなの。彼の思い違いを訂正するチャンスが欲しいのよ」

「彼によく思われたいわけ？」

「そうよ」

「もう、あなたったら……」

「恋してるんじゃないわよ！」

「それはさっき聞きました」

「誰も信じてくれないんだから！」

「信じるわ。電話、もう切ったら、ジャシー。仕事に遅れるわよ。六時までに銀行に行くんでしょ？」

「うん。だけどチャツウッドですぐ近くだから」

「今はラッシュアワーのピークよ。今夜、彼は銀行にはいないのよね？」

「マーカスのこと？」

「あたりまえでしょ」

「いないと思うわ。午後からオフだもの。なぜ？」

「ああいう人はよく残業するのよ。掃除婦が気に入ったりしたら、よけい遅くまでね」

「いやな考え方をするのね」

「そうよ。だけど女の子の考えがこうなんだから、三十五の男ならどう考えるか。服はどうするの」

「銀行でつなぎの作業服を支給してくれるわ」

「結構。つなぎを着た女の子を脱がせるのは大変だものね」

「そういう言い方はやめてくれる？」

「オーケー。でも忠告はしたわよ」

「わかりました！」

「明日電話するわ。ああ、電話よりそっちに行ったほうがいいわね」

「そうして。来てくれたら今度こそ役に立ってもらえるわ。車の売却を手伝ってほしいの」

「車を売るの！　車はないと困るでしょう」

「あれほど高級じゃなくていいのよ。もっと安い車に代えて、差額は預金するわ。生きていくって本当にお金がかかるのよ、トゥルーディ」

「その話は明日聞かせてね。疲れてると思うから」

「午前中はやめてね。疲れてもらうわ」

「ふうん」みだらな口調で言う。

「もう、また！」ジャスティンは電話を切った。


ジャスティンの家を辞したマーカスは、銀行に戻る気にもならず、家に帰った。時間をかけてプールで泳ぐと、水が体温と気持の高ぶりをしずめてくれた。二十往復して適度に興奮が抜けたところで切り上げ、バスローブをはおって軽い食事とコーヒーの支度に取りかかる。あとはテレビをつけて腰を落ち着け、食事をしながら五時のニュースを見ることにした。

アナウンサーがあらわれた。かわいいブロンドの女性で、笑顔がまたいい。しかし、ジャスティンに比べればはるかに劣った。ジャスティンの容貌《ようぼう》は千の船だって動かすだろう……容姿なら百万だ。あのピンクの頂を持つ完璧《かんぺき》な胸や、その胸に触れたときの彼女の反応はとても忘れられるものではない。上質のキルトの上で半裸になり、目を閉じて苦しげにあえいでいる姿が今でも鮮やかに思い出される。

だめだ！　マーカスは激しくいら立った。考えまいとしてせっかくうまくいっていたのに、思い出したせいで、また心身ともに苦しくなってきた。今夜、銀行のオフィスで彼女がひとりきりになるのだと思うと、悪魔のような誘惑が襲ってくる。行かずにはいられなくなってきた。彼女に会いたい。銀行に戻っても変に思う者はいない。ジャスティンだって疑いはしないだろう。口実ならいくらでもある。

〝仕事でね〟入ってきた彼女に説明する自分を想像した。〝午後休んだ分が山のように残ってる〟

にやりとしたのは自分への嘲笑《ちょうしょう》だった。本心を話したら彼女はどう答えるだろうか。〝早く会いたくなってね。土曜までとても待てない。会議室のテーブルの上に一緒に来てくれるかい？〟

ばかな。

彼女もそう言うだろう。ばか言わないで、と。

あまりせっぱ詰まったふうには見られたくなかった。愚かなまねはしたくない。ということは、行動を起こすのは土曜まで我慢するしかないのだ。

ぐっと奥歯をかみしめながらテレビのリモコンを画面に向け、ブロンドのアナウンサーを消し去った。そして、もう一杯コーヒーを飲もうと立ち上がった。

ジャスティンは泣きたい気分だった。渋滞につかまって十五分。銀行のある青いガラス張りの高層ビルビルまでのわずか五十メートル足らずが進まない。車を残して歩こうかと何度か思いかけた。でも、できるはずがない。そうでしょう？　明日下取りに出す車だから、ないと絶対に困る。二週間掃除をして得られる報酬よりも、高いお金になるのだ。

母やトゥルーディにはああ言ったけれど、今朝清掃の仕事を引き受けると言い張ったのは、金銭的な必要に駆られてというより、プライドと頑固な性格のせいだった。自分がなまけ者ではないことを、一生懸命働けるところを、マーカスに見せてやりたかった。なのに、その仕事に遅刻しようとしている。

もう、どうしてこうなるの！

待って待ってようやく前の車が動いた。遅々とした進み方ながら、やっとのことで信号の下を通り過ぎたときだった。あたり一面に割れたガラスが散乱していて、どうやら事故があったらしいとわかった。

なんという運の悪さ。それでも最後には本道を折れて駐車場へと続く道に入ることができた。進入路を急いで下って、遮断バーにさえぎられたところで、警備員にここは私設の駐車場でレース場ではないと事務的な口調でたしなめられた。ジャスティンは冷静さを装い、愛嬌《あいきよう》たっぷりの笑みを投げかけて、人事部のマネージャーに渡されていたパスを見せた。

「臨時の清掃スタッフです。今夜が初出勤なんですけど、そこの事故で遅れてしまって」

警備員は高級車を見て、いぶかしげな顔をしたが、肩をすくめると、人の場所だが今はあいているというエレベーター横の角のスペースまで誘導してくれた。六階には十二分遅れただけで着くことができ、ジャスティンは仕事を教えてくれるはずの先輩清掃員を大あわてで捜した。

彼女を見つけたのは、マーカスとの恥ずかしい初対面の場となった、あの小部屋だった。遅れた事情を説明して何度も謝ると、五十歳くらいで名前はパットというその女性は、ジャスティンにグレーのつなぎを着せて、掃除用具一式を載せたカートと大きな鍵束《かぎたば》を渡した。

あなたの担当は七階。掃除がすんだらドアの鍵をきちんとかけてね、とパットは説明を始めた。取りかかりはろうかの一番奥からで、会議室と頭取のオフィスから始めて順に手前に戻ってくる。ほこりを払って掃除機をかけるのが毎日の仕事。部屋の中の物にはいっさい手を触れずに、ごみ箱だけを空にすること。最後が化粧室の掃除。七階には四箇所あって、ミスター・オズボーンのオフィスにも専用の小さな洗面所がついている。

「八時半ごろに、いつもビスケットでお茶にしてるの」エレベーター前でパットは言った。

「こっちから声をかけてあげるわね。そうそう、部屋に誰か残ってても気にしないこと。ここの人たちは仕事中毒で夜中まであくせくやってるから、まわりだけ掃除してれば、こっちには気づきもしないわ」パットはそこでジャスティンに鋭い視線を向けた。「待って……今のは撤回。あなたに気づかないのは死人ぐらいなもんだわね。髪はひっつめにして、あまりにこにこしちゃだめ。五時間で七階全部を掃除するんだから、男の冷やかしにつき合ってたら仕事になんかなりゃしないわよ」

七階に着くまでのわずかな時間に、ジャスティンは人目を引かないよう髪を乱雑にまとめ、手の甲で口紅をぬぐった。ここに来たのは高給取りのお偉い銀行員に口説かれるためじゃないわ。清掃の仕事をして、自分自身とマーカスに何かを証明するためよ。

エレベーターが開き、彼女は静まり返ったろうかにカートを押し出した。パットが言ったとおり、いくつかの部屋には明かりがついていた。右手のドアがさっと開いたかと思うと、グレーのスーツを着た男性がそそくさと横を通り過ぎた。ジャスティンには目もくれない。とても急いでいるようだ。

マーカスが行員に求めているのはこれなのかしら。一日十時間働いて、仕事以外は何も目に入らない。マーカスもふだんはずっとそんな感じなの？　そういえば、午後から休むと聞かされたとき、秘書はずいぶん驚いていた。マーカスがあまり仕事をサボる人でないのは確かなようだ。

ふっと彼の結婚生活と、それが破綻《はたん》した理由に思いがいった。トゥルーディは別れた奥さんを性悪女だと言っていた。でもトゥルーディの口にかかれば二人にひとりは性悪女だ。マーカスが家に帰ってこないさみしさから、ふらっと悪い道に入った……さしずめそんなところだろう。よくある話だ。

明日トゥルーディに頼んで、彼女の父親からマーカスの結婚生活と前の奥さんについて、できる限りのことを聞き出してもらおう。結婚生活がどれくらい続いたのか、別れてどれだけたつのか知りたい。

はっと恐ろしいことに気がついて身がすくんだ。二人の間に子供がいたとも考えられる。マーカスに子供はいてほしくない。それを言えば、奥さんだっていてほしくはなかった。彼が誰かを愛していたなんて、考えたくもない。

ばかね、今は誰を愛してもいないわよ――冷静な声が容赦なく割って入った。もちろんあなたを愛してはいないわ。彼はあなたをよく思おうと苦労している。彼はベッドに誘いたいの。それが一番の目的なのよ。彼自身が認めてるじゃない。あなたが金曜日に彼をそそのかして、彼がついにそれに乗っただけ。その事実を忘れないで。間違ってもロマンスを求めてはだめ。愛情じゃないわ、体に惹かれてるの。真実の愛じゃない、肉体的な欲望なのよ。

胃がきゅっと縮んだ。心臓まで苦しい。これは……トゥルーディが正しかったの？　私はマーカスに恋し始めているの？　もう恋してしまったの？

わからなかった。わかるわけがない。恋などしたことがないから、どういう感じを恋というのか実感がつかめないのだ。これは欲望のとりこと言ったほうが正しいのだろうか。実際マーカスを思うたび、セックスは必ず意識のどこかにあった。彼とのセックスはどんなだろうと考えずにはいられない。今すぐにでも土曜の夜が来てほしいと思う。

バージンだと打ち明ける決心だったが、経験不足を知って彼がおじけづくかもしれないと考えると、ひどく気持が揺らいだ。彼に去られたくはなかった。絶対に。もう一度彼の唇を受け止めたい。彼の手を、彼のすべての部分を自分の肌に感じたい。

とまどうばかりのエロチックな震えが、体をさざ波のように走った。

ああもう、考えてもどうしようもないわ。ジャスティンは震えながら思った。彼を頭から追い出さないと、仕事が手につかないまま夜が終わってしまう。

といっても、マーカスのことを考えないでいるのは不可能だった。カートを押して入った先が、今朝彼を待って座っていた秘書のオフィスなのだから、なおさらだ。まだ明かりはついているが、デスクに秘書の姿はなく、コンピューターの電源も切られて、椅子が後ろに引かれていた。

グレースは若くない。今朝もそう気づいてうれしかった。これが若くてグラマーな女性だったら、きっと嫉妬《しっと》していただろう。

嫉妬は愛の前兆なのかしら。それとも欲望が強いだけ？　わからないけれど、なんらかの感情がかかわっているのは間違いなかった。これまで、彼女は思いやりがないとボーイフレンドたちによく責められた。君は自分がかわいいだけなんだと。彼らのことなど気にも留めてなかったから、ジャスティンはどうせ負け惜しみだと軽く受け流してきた。ハワード・バースゲートなら誰が誘惑していても嫉妬はしなかっただろう。デートしたどの男性についてもそれは同じだ。なのに、マーカスが女性に惹かれたり、一緒にいるのを想像すると、胸に鋭い痛みが走る。

ジャスティンは胸の内でかぶりを振った。愛にしろ欲望にしろ、あれこれ悩んでいても仕方がないわ。そうよ、悩んでどうするの！

マーカスの我慢は六時二十分で限界だった。三杯目のコーヒーはサイドテーブルの上で冷めるに任せ、自分は部屋に駆け込んでまずは下着を、それから一番手近にあったものを――クリーニングから返ってきたばかりで、衣装戸棚のドアにかけてあったグレーのスラックスを身につけた。続いて引き出しから濃紺のシルクのシャツをつかみ出して、懸命にボタンと格闘する。グレーのソックスと黒の革靴にはたいして手間を取られなかったが、それでも時間は腹立たしいほど確実に失われていった。

濡《ぬ》れた髪をどうにか整えようとして、貴重な時間をさらに浪費した。濡れているとウェーブが出るのだ。ふつうはドライヤーでまっすぐに伸ばすのだが、今夜はそんな時間も心の余裕もなかった。思い切り急いだにもかかわらず、ガレージから車を出してパシフィック・ハイウェイに向かうころには、もう六時三十五分になっていた。スピードを上げながら、銀行の近くに家を買っていた幸運に感謝した。あと十分で銀行だ！

ところがうまくはいかなかった。事故があったのだろう、道は渋滞していてのろのろとしか進まない。

あせりの極致に達したマーカスが、銀行のあるコンクリートとガラスでできた高層ビルにたどり着き、地下の駐車場に乗り入れたときには、もう七分が過ぎていた。警備員がさっと不安そうな表情を見せた。

「もう仕事は上がられたんじゃなかったんですか、ミスター・オズボーン？　実は……ほかの車をあなたのところに入れてしまいまして。新しい清掃員です。かわいい子ですよ。渋滞で遅れそうだったんです。すいません、かまわないと思ったものですから。今はその隣があいてます」

全然かまわなかった——ジャスティンの乗ってきた車を目にするまでは。

マーカスは自分のメルセデスをスポーティなニッサンの横に入れると、その流れるようなシルバーの車体を見て目に怒りをたぎらせた。これがどんな高価な車かはよく知っている。それもまだ新車だ。とても生活費が底をついた人間の乗る車じゃない。今朝には、お金がいるから清掃員の仕事をやらせてほしいと頼んできたのに、どうなってるんだ。たとえ支払いが終わっていない車だとしても、保険料だけで相当かかる。彼女が用を足すにはふつうの小型車で十分だろうが、それ一台が楽に買える金額だ。

ジャスティンは世間に自分の地位を誇示できるものは失いたくないのだろう。家も、車も、服も。

これではっきりした。そう遠くない時期に、彼女はプランBを実行に移そうとしている。表面的にはパトロンを軽蔑《けいべつ》している彼女だが、今やっているのはどれもこれも、そんなパトロンの夫を手に入れるまでの間に合わせの策にすぎないのだ。

そして僕がその夫としてねらわれているのだ。マーカスは苦々しい思いで考えた。確かに彼女は僕に与えた悪い印象を塗り替えようと懸命だ。

けれど、僕もまた間に合わせだとは考えられないだろうか。望ましい結婚相手があらわれるまで、彼女の強い欲望を満たしてやるつなぎの役目。最初の出会いを考えても、僕が結婚すると思っているなら彼女はばかだ。

ところが、いろんな面を備えてはいても、ジャスティン・モンゴメリーはばかではない。

そう、彼女はベッドの相手をつかまえながら、同時に融資担当を手なずけるという一石二鳥をねらったのだ。プランBが成功すれば、二つは即座に手に入る。

それとも？　マーカスはじっと考えた。ひょっとして、ベッドでの僕が気に入れば、彼女は僕を愛人としてつなぎ止めておく計画なのかもしれない。野心の強い若い女が経済力を得るために結婚しながら、一方で何人もの男と遊んでいるのはよくある話だ。

マーカスは瞳を、そして下半身を熱くたぎらせながら、エレベーターで七階に向かった。僕を利用できる気でいるのなら、それこそ考え違いというものだ。利用されるのは彼女のほうだ。同情はしない。容赦なく、あっという間に優位に立ってやる。

11

どうやら清掃の仕事は、思った以上に複雑なようだった。カートにはやたらと用具が積んである。使い方は大丈夫よねとパットは言ったけれど、知っているものがある反面、ラベルをしっかり読まないと、どういうものにどうやって使うのか、とまどうものもあって、作業はいくぶん遅れがちだった。

マーカスのオフィスにある洗面所はオフィスそのものより大変だったが、やり終えた今、ジャスティンは満足してドアからその成果を眺めていた。床も壁もぴかぴかだし、鏡にはくもりひとつない。と、その鏡に映る自分の左肩の後ろにいきなりマーカスの顔があらわれて、ジャスティンは思わず手に持ったスプレー缶を落としそうになった。

「マーカスじゃない!」ぎこちない笑顔で振り向いた。「心臓が止まるかと思ったわ。ここで何をしているの?」質問しながらも、視線は彼のおどろくほどカジュアルで、しかもエレガントな服装をとらえていた。濃紺のシルクのシャツが、罪作りなほどにセクシーだ。開いた襟元から濃い胸毛がのぞいている。

「いるものがあって取りに来たんだ」今度は黒い瞳がジャスティンを眺めまわした。今の格好を冷ややかに笑っているようだ。

着ているつなぎは実際細身のジャスティンにはぶかぶかで、全然さまになってはいなかった。いかにも作業服というグレーだし、首から股のところまでずらりとスナップがついている。

「わかってるわ」気持の高ぶりと恥ずかしさで頬が熱くなる。「変な格好でしょう」

「それでもグウェンよりずっとキュートだ」彼は再びジャスティンの体を見まわした。

今度はおもしろそうな表情ではない。むき出しの情熱が黒い瞳の奥に燃えていて、ジャスティンは驚くと同時に、興奮を覚えた。

おぼつかない足取りで一歩退くと、彼はそれを無言の誘いと取ったらしく、中まで追ってきて洗面所のドアを閉めた。ジャスティンがおびえたうさぎのように立ちすくんでいると、そのこわばった右手からスプレー缶を取り上げてトイレの上に置いた。

キスをしてほしい。だが、ジャスティンは急に恐ろしくなった。じっと思い詰めた彼の顔。怒気さえ感じられるようで、どうしていいか不安になる。それでも抵抗はできなかった。マーカスの唇や手に再び触れられることを、体が強く望んでいる。

望みはかなえられた。それもすばらしい方法で。むさぼるようなキスに頭がふらついた。息ができない。その間も彼の手はせわしなくつなぎのスナップを開けていた。肩から脱がされたつなぎが足元の白いタイルの上に落ちると、身につけているのはもうフレンチニッカーズと下着だけだった。

夢見心地の脳裏に一瞬よぎったのは、セクシーなピンクのサテン地のハーフカップブラとフレンチニッカーズではバージンのイメージにそぐわないということだった。ジャスティンは自分がされたのと同じようにマーカスの服をいきなり荒っぽく脱がせ始めたが、それもバージンとはかけ離れた行為だった。

マーカスのシャツのボタンをなかなか外せずにいると、彼が無器用な手つきでシャツの前を引き裂いて、ボタンを四方に飛び散らせた。四本の手であわただしくズボンを引き下ろす。彼の高まりの大きさに、ジャスティンは思わず目をみはった。

それは厳粛な瞬間だった。彼がジャスティンの手を取って彼の下腹部にあて、唖然《あぜん》とするほど大きく興奮したその硬い輪郭に触れさせたのだ。無理だ、とジャスティンは思った。痛みを感じずに終えられはしない。バージンは隠し通せない。けれど絶対に隠したいわけでもなかった。これが自分にとってどんなに特別な行為か、彼をどんなに特別に思っているか知ってほしい。真実の愛でなくてもかまわない。男性にこんな気持にさせられたのはマーカスが初めてなのだから。

「マーカス」かすれた声で呼んだ。舌が思うようにまわらなかった。「私……私……」

「黙って」ひと言で抑え込むと、彼はブリーフを脱いでまっすぐに立った。

猛々《たけだけ》しい欲望をみなぎらせた男性の裸体に、ジャスティンはただただ気圧《けお》されて畏怖《いふ》の念を抱いた。これが自分の中に深く入ってくるのかと思うと、口が乾いて心臓が止まりそうになる。

しかし彼は再びジャスティンの手を取って、自分の張り詰めた場所にぴたりと添わせた。求められるままに優しく手を動かすと、なめらかな感触や力強さとともに、はっとするほど無防備な繊細さが伝わってきた。望みの愛撫《あいぶ》を受ける間、彼は低く切れ切れに喜びの声をもらしながら目を閉じた。

その声がジャスティンの体までも興奮させた。すぐに全身が欲望の炎にのまれ、言うはずだった、彼の意志をくじきかねない言葉は、ひとつ残らず抑制のきかない熱い思いの奥へと押しやられてしまった。

マーカスに膝をつかされ、彼に唇を押しあてたとき、ジャスティンは何も考えられなかった。頭の中にあるのは彼を喜ばせたい、感じさせたいという思いだけだ。だが、その行為はあっけないほどすばやく止められた。彼はジャスティンを引き上げるや、信じられないほど熱いまなざしで、欲望に燃えたジャスティンの目をしっかとのぞき込んできた。

「君は悪女だ」そう言うと荒々しく彼女の唇にキスをして、差し入れた舌を猛り狂う本能のままに動かし始める。痛いほど強く二の腕がつかまれたかと思うと、ジャスティンはそのまま持ち上げられて洗面台の上に乗せられた。彼は座ったジャスティンの両脚を広げ、そこに身を割り込ませた。続いて首筋にキスをしながらブラジャーの肩ひもを外す。サテン地のカップを豊かな胸がこぼれ出るまで引き下げると、飢えたような性急さで、探るように舌をはわせてきた。

「ああ」声が出たのは、固く尖《とが》ったそれぞれの頂に舌が触れたときだった。ジャスティンは彼の舌や唇が動きやすいよう、のけぞって胸を突き出した。大理石の洗面台に手をついて体を支える。うっとりと目を閉じ、頭をそらして唇を軽く開いた。今日の午後よりずっとすてきだった。電流が走ったようで、とても心地よい。あえぎながら彼の名を呼び、彼の愛撫が止まると、つらくて声をあげた。さっと頭を起こしたジャスティンの目にぼんやりと映ったのは、彼がパンティを引き下ろしているところだった。

ジャスティンは全裸になった。マーカスがまた両脚を押し広げたので、彼女のすべてが彼の目にさらされた。彼が顔を見つめたまま腿の間に手を触れたときには、恥ずかしさと興奮が甘美な大波となって襲ってきた。しかし、ジャスティンが欲しいのは、マーカス自身だった。指で狂おしくもてあそばれて、一瞬で忘我の境地に追いやられることではない。

「マーカス……お願い」ジャスティンは脚を自分からさらに開き、体と目で彼に訴えた。

「わかったよ。君の望みをかなえよう」

ジャスティンはショックに声を詰まらせた。彼は腿の間の熱い泉に顔を近づけようとしている。そうじゃないの！　そんな行為があることは、本で読んだり、トゥルーディから興奮した口ぶりで聞かされて知っている。でも今はいや。今は彼が欲しくて仕方がない。マーカスを受け止めて、彼の体とひとつになりたい。もう痛くはないはずよ。だって、指はあんなに簡単に入ったんですもの。いつでも大丈夫だわ。

「違うわ」ジャスティンは声をしぼり出した。

彼はぴくりと顔を上げて、欲望にくすぶった目を丸くした。「違う？」

「そうよ。今はやめて。今欲しいのはあなたなの。マーカス、ねえ、あなただけが欲しいの」

「でも僕は……」

「お願いよ、マーカス」彼の顔を両手ではさみ、体を洗面台の端にずらすと、相手の腰に脚をからませて引き寄せた。「さあ、早く。もう待てないのよ」

「なんてことだ」彼は言われたとおりに動いた。情熱のままにすばやく、そして荒々しく。

ジャスティンは思わず悲鳴をあげていた。

12

マーカスはデスクに座って頭を抱え込んでいた。

水の流れる音が聞こえてきて、そろそろと顔を上げる。洗面所のぴったりととじられたドアを見ながら、彼は苦痛に満ちた彼女の青い顔を思い起こした。あのとき、自分はショックによろよろと後ずさった。白いタイルの上の赤い点から目が離せなかった。どう反応すればいいのか、どう声をかければいいのかわからなかった。それでも何かを言ったのだと思う。軽率であからさまな言葉だ。そして、彼女はあの軽蔑《けいべつ》しきったまなざしを向けてきた。

〝出てって！〟彼女は強い口調で言い、膝をしっかりと閉じて、鳥肌の立った腕で胸を隠した。

マーカスは従った。そして今、ボタンの取れたシャツをだらりとまとい、混乱した頭を抱えたまま、こうしてデスクで肩を落としている。

ああ、だがどうして僕にわかっただろう。想像さえできなかった。バージンの女性は銀行で融資担当者に堂々と体を売ったりはしない。母親が階下にいると知りながら、知り合って間もない男に裸の胸を触らせたりはしない。ましてや洗面所で嬉々《きき》として彼自身に唇を押しあてたりはしないだろう！

あのときの感覚が思い出されて、マーカスはうめいた。優しく熱い唇はたちどころに彼の正気を奪い、あと戻りのきかない高みへと一気に押し上げようとした。だからやめさせた。しかしそのときにはもう彼は理性を失い、ふだんと百八十度違う大胆な気持になっていた。早くと言われると避妊への配慮もわずらわしく、すぐに欲望に身を任せてジャスティン・モンゴメリーに従った。彼女は美貌《びぼう》の小悪魔だった。不品行だった父親のグレイソン・モンゴメリーに劣らず魅力的に退廃した娘だった。

しかし、彼がそう思い込んでいたジャスティン・モンゴメリーは、実際には存在しなかったのだ。

バージンなのか！　まだ信じられない。なぜだ。あんな美人で、男に触れられてさっきのような反応を示す彼女が、どうして男の体を知らずに二十二にもなる今日まで過ごしてこられたのだろう。

修道院かどこかにこもっていたなら、もしくは宗教的に厳格な土地で育っていたのなら話はわかる。しかし、彼女とかかわりがあるのが特別奥手な人間ばかりというわけでもないのだ。

洗面所のドアが開き、ジャスティンがまっすぐに顔を上げて出てきた。やはり軽蔑しきった表情を浮かべている。

「こうなると思ってたわ」不快感もあらわに言う。「トゥルーディは間違ってたのよ」

トゥルーディ？　どうして僕とのことをトゥルーディ・トゥレルに話したりするんだ。

頭がようやく回転し出した。

トゥルーディ・トゥレル。

プランB……。

「わかったら、驚いて尻込みするだろうって私は言ったの」ジャスティンは非難を込めて続けた。

プランBが根底にあったとすれば、まったく見事な計画だとマーカスは思った。妊娠して僕を思いどおりにするつもりだったのか？　熱っぽくせまったのも、裕福な夫を得るための計画の一部にすぎなかったのか？　驚くほど反応してくれたと思ったが、あれも全部芝居だったというのか？

もしそうなら彼女は第一級の役者だ。

まったくだ、マーカス。経験からシニカルになった自分が反論を始めた。女にとっておまえは最高の男だ。そうなんだろう？　誰もおまえの魅力に抵抗できない。女はおまえ自身に惹《ひ》かれて好きになる。ほかの目当てがあって愛するわけじゃない。彼女が芝居をしているとはとても思えない。おまえのためにずっと慎んでいた。理想の相手があらわれるのを待ち続けて、真実の愛の中で身を任せようとした。

ふん、ばかな。僕は疑いを知らない小公子か！

一番しっくりくるのは、彼女が金にしか興味がない金持くずれで、ずっとバージンを取引の道具として意識していた、もしくは最も裕福な結婚相手に買わせるつもりだった、という考えだ。シルバーの車を思い出せ。また心の声がした。あの家、あのデザイナー・ブランドの服を思い出すんだ。

彼女はすべてを手にしたい。それが一番の目的だ。真実を見ろ、マーカス。彼女が好意を示したのは突然で、いかにも都合のいい展開だったじゃないか。

考えるうちにマーカスは腹が立ってきた。

どんな女だろうと、もうごまかされはしない。だが困ったことに、体は依然としてジャスティンを求めていた。おそらく今までよりもっと強く。彼女の魂胆がどうであれ、彼女の初体験の相手としてあのすばらしい体を思いのままに従わせるところを想像すると、どうしようもなく体がほてった。

ただし、妊娠はさせたくない。結婚もなしだ。

「先に言ってほしかった」マーカスは言った。

彼女は心を見透かそうとする彼の視線を避けて、身を守るように自分の体を抱いた。

「そうみたいね」

「どうして言わなかったんだ、ジャスティン」マーカスは返事をせまった。彼女がプランBを隠したまま、うまい嘘《うそ》をつくことができるのか確かめたい。

「いまさら関係ないじゃない」

決まりだ。どうしてこんなに胸の痛みを覚えるのだろう。自分でも唖然《あぜん》とする。

こっちを向いたジャスティンの目はあざ笑っていた。「土曜の約束はもうなしなんでしょう?」

さんざんいいように扱っておいて、最後はそれか? 冗談じゃない! マーカスは席を立ち、自分の冷静な芝居に感心しながら彼女に静かに歩み寄った。正面から肩を抱いて見つめると、彼女の瞳にぱっと警戒の色が浮かんだ。「どうして、なしなんだい?」内心の冷ややかさを温かい笑みでごまかしながらささやいた。

「だって……だって、いやになったんじゃ……」いかにも胸にぐっとくる言葉……に聞こえただろう。これが芝居と知らなければだが。

「なるわけないさ。最初の驚きが消えてみると、君が今まで誰ともああいう経験がなかったんだとわかって感動している。さっきは乱暴すぎた。その点だけは反省しているよ、ただ、君も認めるだろう? 僕が君を世間ずれしていると思い込んだのは、僕のせいじゃない」やんわりと適度に非難した。

彼女の頬が喜びに染まった。便利な特技だ。いつでも自由自在に頬を染めることができるとは。

体の内にくすぶる満足しきれない思いから、マーカスは彼女の頬に、鼻に、唇に軽くキスをした。喜んでいるかのような甘い声にごまかされないよう、キスの間中、彼は必死で自分と戦った。

「話す……べきだったわ」ジャスティンは彼の唇の上にかすれた声を吐き出した。

「もういいよ。問題が起こったわけじゃない」今度はまともにキスをしたが、やはり激しい衝動は注意して抑えた。それにしても、彼女はなんてキスがうまいんだ。体を相手に溶け込ませる技術も、舌をしきりに求めてくる感じもすばらしい。

ひょっとして、彼女は長い間体の欲求を抑えてきたために、解放した今は抑えがきかないのではないだろうか。たぶんパンドラの箱が開けられてしまったのだ。ぞくぞくする考えだった。この考えは、週末まで何度も心の中で味わうことになりそうだ。

「怒ってないの？」キスの合間をついてジャスティンが言葉をはさんだ。

「ちっとも」まんざら嘘ではなかった。ここまで来ると怒りはもう脇《わき》へ押しやられていた。早くこの状態にけりをつけなければ、避妊の手段もないまま、さっきと同じ失敗をくり返してしまう。

しかしキスをやめたのはジャスティンのほうだった。体を引いた彼女は、とろんとした心地よいまなざしを向けてきた。「マーカス、私……仕事に戻らなくちゃ」

「どうしても?」体は彼女を家に連れていけと要求していた。家なら好きなだけ二人きりでいられる。

「引き止めようとしないで」そんな彼の考えを読んだように、ジャスティンは声を震わせた。

「僕に引き止める力はあるのかな」

「ええ。わかってるでしょう。でも、少しでも私を思ってくれるなら、お願い、何も言わないで。今は、今夜はだめなの」

彼女は声を詰まらせた。今にも涙がこぼれ出そうだった。うるんだ瞳を見つめるうちに、マーカスは胸をしめつけられるような苦しさを覚えた。

いけない。マーカスはすばやく視線をそらした。こんな気持になってはだめだ。断じてだめだ。

つかつかとデスクへ戻り、ひとつだけ残ったシャツのボタンを留めて、すそをしっかりとズボンに押し込んだ。「わかった」ぶっきらぼうに言う。「どうせ僕も仕事だ。だけど僕のほうは家に持ち帰ったほうがよさそうだな。罪の入口からは撤退だ」

「罪の入口?」ジャスティンはぽかんとしている。

「君の体に手の届く範囲がそうだよ、ジャスティン」淡々と説明した。「問題児が入る聖アンドルー養護施設にいれば、罪の入口についてひととおり知るようになるし、自分たちがそこに突きあたるいろんなきっかけもわかるようになる。銀行に入ってきたときから、君は〝罪の入口〟の匂《にお》いをぷんぷんさせていた。刺激的なライムグリーンのドレスを見てからずっと、僕の興奮はずっとおさまらずにいるんだ」

またただ。また彼女は頬を染めた。なぜそんなことができる？　罪悪感が胸を圧迫しそうだった。話題を変えなくては。ここを出なくては。

マーカスはデスクから車のキーを取り上げた。

「帰る前にきいておこう。書類にサインをしてもらう件だが、お母さんはいつ銀行に来れるんだい」

「ああ、そうね。今週ならいつでも大丈夫だと思うわ。私が車で送ってくるから」

シルバーのスポーツカー。嫌悪感がよみがえった。

「グレースに明日、電話を入れさせるよ。運送業者を頼む時間も一緒に決めてもらおう」

「運送業者？」

マーカスはいら立ちを募らせた。いったい彼女はどうしたんだ。急にものが考えられなくなったのか？「ほら、絵とアンティークを運ぶためさ。グレースに先に手配させて、君のほうへは電話で詳細を伝えさせる」

「あなたは明日、電話をくれるの？」

マーカスは思わず片方の眉を上げた。「電話してほしいのかい？」今度は何をたくらんでいるんだ。考えが変わって土曜を待たずに会いたくなったのか？　もしそうなら本当に僕を、頭取という地位にいて、楽に金持にしてくれる将来の夫ではなく、この僕自身を求めていることになりはしないか？

「もちろんよ」

どこが〝もちろん〟なんだ。また頭が混乱してきた。「電話するよ」不機嫌に言った。

「どうしてそんな言い方なの」

「そんな、とは？」

「怒ってるみたい」

マーカスはため息をついた。彼女には絶対にこちらの意図を気取られてはならない。

「ジャスティン、今はあまりいい気分じゃないんだ。男はああいう、ぎりぎりのところで止められるのはいやなんだ。いらいらしていたらあやまる。だが、どうにも落ち着かなくて。怒ってるんじゃない。欲求不満なんだ」

「ああ」

また赤くなった！　彼女が頬を染めるたびに、こうだと思っている確信がことごとく揺らいでしまう。

「そろそろ帰るよ」

「マーカス、本当にごめんなさい」ジャスティンはためらいがちに一歩進み出た。

マーカスは体の脇でこぶしを握り、もう一度彼女を抱き寄せたい衝動に耐えた。

「明日電話する」そう言い置いてから、決然とした足取りで部屋をあとにした。

「言ったでしょう、彼は銀行にあらわれるって」中古車ショップへ向かう車の中で、トゥルーディが非難がましく声を強めた。「絶対に仕事じゃなかったわね。あなたを誘惑するためだったのよ。その誘惑に、あろうことか、あなたはほとんど抵抗しなかった。それほど楽しんでたのなら、続きをどうして土曜まで待たせるの。驚きだわ」

「自分でも驚いてるわ。でもとにかく痛かったのよ。天国にいたと思ったら、いきなりあの痛みだもの。立ち直るのに一週間はかかると思ったの」

いろんな意味でそう思った。あのあとジャスティンは体も心もショック状態で、理性と感情の折り合いをつけるのにずいぶん時間がかかった。マーカスが出ていってから、どうやって清掃の仕事を終えたのかも覚えていない。やっと家に帰りつくと、お風呂の心地よい温《ぬく》もりの中にゆったりと身を沈めてからベッドに入った。

疲れているのに眠れなかった。マーカスとの熱いひとときの記憶に心が乱されて、また体が熱くなる。満たされない切なさに、何時間も寝返りばかり打っていた。異性を求める気持は火と同じ。扱い方次第で幸福ももたらせば困らせもするものだと、ジャスティンはようやく理解した。マーカスのいら立ちも無理のないことだったと心から納得できた。

「最初に言ってたとおり、初めてだとちゃんと話してたら、そんなに痛くはなかったはずよ」トゥルーディは声を低めて叱責《しっせき》する。「彼だって優しくしないと、と思っただろうし。でもどうやら彼には、思春期から経験に経験を重ねてきました、という態度を見せていたみたいね。それで、何を期待してたの。しかも洗面台の上で！　本当にもう！　びっくりさせてくれるわよ、ジャシー」

「私だってびっくりしたわ。嘘じゃないわよ」

「あなたがのめり込みすぎたのか、それとも、私が思っていた以上にマーカスが上手だったのかしら」

「彼は上手よって言ったでしょ」

「そうね。私が間違ってたのかもしれない。だけどのぼせないよう、忠告してあげたのは間違ってなかったわ。パパの話だと、マーカスはもとの奥さんのことをそれは苦々しく思ってるの。あなたが結婚できるチャンスは万にひとつもないそうよ」

「トゥルーディ！　何度も言わせないで。私はマーカスと結婚しようとは思ってないの。彼を愛してはいないの。私はただ……ただ……」

あきれ果てた顔がさっと向けられても、ジャスティンはやましげに頬を染めないよう気をつけた。

とはいえ気持をごまかすつもりはないし、うぶな世間知らずを気取るつもりもなかった。今朝にはもう、マーカスを求める気持が厳密に性的なものだと納得していた。この苦しみが愛のはずはない。愛とは温かくて穏やかで甘いもの、しっとりと落ち着いたものだ。快感の中でまわりが見えなくなって別世界へと一気に引き込まれたりするのは、それが愛ではないからだ。その世界では恥ずかしさと興奮とが混ざり合い、手のつけられないほどに体が燃え上がる。後先が考えられず、ただ炎が大きくなることを望んでしまう。どうにも消せそうにない炎をしずめられたのは、たとえようのない痛みだけだった。

マーカスならいつでも私を、あの引き返せない状態へと連れ戻してしまうわ。ジャスティンは確信していた。今度は行為をさまたげる痛みもない。バージンの壁は新たな世界に消え去った。性の喜びを知らないまま入っていった世界だけれど、今はその喜びも十分にかいま見た。もうあと戻りはできない。

しかし、自分がこれほど強く激しい欲望を持っているとわかった以上、先へ行くのがなんだか怖い気がして少し複雑な気持だった。マーカスに対しては、ときにいろいろな感情が混じり合う。早く土曜になってほしいような、ほしくないような気分だった。

「ねえ、セックスと男の話題はしばらくお預けにしない？」ジャスティンはニッサンを歩道の縁石に寄せながら、不機嫌に言った。見まわる予定だった最初の中古車ショップの前に来ていた。

トゥルーディは何か言い返そうとしたが、そのとき、彼女の目に近づいてくるひとりの店員が映った。長身でとてもハンサムだった。トゥルーディのスイッチが即座に誘惑モードに切り替わった。

車から駆け出す友人を見ながら、ジャスティンはやれやれと首を振った。あれでよく人を節操がないと非難できるものだわ。マーカスは私の初めての相手だけれど、かわいそうに、この何も知らない店員は、おそらくトゥルーディを取り巻くあわれな男性犠牲者のひとりにされてしまうのだ！

午後三時に、ジャスティンは晴れて走行歴七年のシンプルな白いパルサーのオーナーになり、同時にかなりの差額を受け取った。差額を銀行に預けてから家に帰ると、郵便物の中に請求書が入っていた。目をみはるような金額だった。未払いの請求書ばかりを入れている引き出しにそっとしまう。少なくとも今彼女の口座には、予備も含めてこれからの何カ月分かの生活費をまかなえるだけの額は入っている。

「ママ！　どこなの」

「ここよ」裏庭のほうから快活な声が聞こえた。

驚いたことに、母は土に膝をついて楽しそうに草むしりをしていた。そばには見慣れたトムの姿もあった。水やりをしながら母を見つめているが、穏やかな目元といい、温かいほほ笑みといい、その表情は限りなく優しい。

　どきりとして胸がかすかに痛んだ。これが愛から生まれる表情なんだわ。マーカスがゆうべ見せた、あのぎらつく目とも、急速に理性を失わせた官能的な熱いほほ笑みとも違っている。

「やあ、ジャスティン」トムが彼女を認めて言った。

「ただいま、トム。今日も暑いわね」

「昨日よりはましかな。だが少しは雨も降ってくれないと。節水の影響や何かで、庭が悲鳴をあげ始めてる。昼間はホースでしか水をまけない。スプリンクラーは禁止されてるんだ」

「暑い日ばかり続いてるもの」

「これでまだやっと一月の終わりだからね」

「そんな状態でも、うちの庭はとてもきれいだわ。お給料が払えなくてごめんなさいね、トム」

「ここにいるだけで、私はお金に代えられないものをいただいているよ」小さな声だったので、母には聞こえなかっただろう。

　ジャスティンは何も言わずに笑いかけた。トムも笑顔で応《こた》えた。本当にすてきな男性だ。魅力的な目元。瞳は淡いブラウンで知性と優しさが感じられる。父ほどハンサムではないが、体つきは立派だ。

母が手を止めて顔を上げた。頬はばら色に染まり、ブルーの瞳が輝いている。「小さくて新しい車は見つけられた?」

「新車じゃないわ、ママ。でも小さくて前のよりずっと経済的よ。トゥルーディのほうは新しいボーイフレンドを見つけたわ」

「あの子ったら! そうだわ、ボーイフレンドと言えば、マーカスから電話があったわよ」心得顔でにこりと笑う。「またかけると言ってたわ」

「そう」母にボーイフレンドではないと反論してもむだだろう。先走って婚約指輪やウエディングベルのことを考え出さないよう祈るばかりだ。

冷静さを装ってはいたが、急に鳴り出した電話のベルには、心臓が跳ねて胃がきつく締めつけられた。

「中に入って早く出たら?」母が言った。

「出るわよ。でも急ぐと暑いじゃない」ジャスティンはあわてず、ベルが十二回鳴ってからようやく受話器を取り上げた。

「もしもし」平静を装った。

「ミス・モンゴメリーですか?」女性の声だった。

とたんに大きな失望が襲ってきた。世慣れた女性を演じられるつもりでいたのに、自分の愚かさかげんがわかるというものだ。本当は朝からずっと彼の声が聞きたくてたまらなかった。バージンだとわかって一夜明けたあとでも、まだ自分は求められているのだと安心したかった。

「そうですが。どちら様ですか」

「ミスター・オズボーンの秘書のグレースです。運送業者は金曜の朝十時にお宅にうかがうよう手配しました。かまいませんでしたか？」

「ええ、結構です」

「それから、ミスター・オズボーンは明朝十一時でしたらお母様と会えますが、いかがでしょう？」

「はい、それもかまいません」

「わかりました。ではミスター・オズボーンが直接お話ししたいそうなので、おつなぎします」

「ジャスティンかい？」

ジャスティンは受話器を握りしめた。彼の声を聞いただけで体が不安におびえ、膝ががくがくする。

「約束どおり電話したよ」平然と、からかうような口調で彼が言った。

「そうね」冷静な自分の声に驚いた。今にも絨毯《じゅうたん》にくずおれそうだというのに。それでも彼と体だけの関係でいようと思うなら、落ち着きを見せ続けることがどうしても必要だった。

「一度電話したんだが、いなかったようだね。トゥルーディと買い物に出たと聞かされたよ。最後の夏物をあさりに二人でダブル・ベイのブティックを見てまわろうというところかな」

小ばかにした口ぶりに、ジャスティンは顔をしかめた。私のことを、残ったわずかなお金で服を買うような、そんな責任感のない能なしだといまだに思っているのだ。「おしゃれなんかに使うお金はないわ。知りたいのなら教えてあげるけど、私は車をもっと安いのに買い替えてきたのよ」

受話器の向こうで沈黙が広がった。

「マーカス？　聞こえてるの？」

「あ、ああ。すまない。グレースがちょっと顔を出したんだ。なんの話だったかな。車を買い替えたとか？」

「そうよ。ずっと前から考えてたの。去年の二十一歳の誕生日に父が買ってくれた車で、シルバーのニッサンよ。即金で買ってたのが幸運だったわ。でないと母の車のように回収されてたもの。だけど燃費が高いし、持ってるとむだなお金がかかるでしょう。保険料だけでも恐ろしい額だったの」

「それで、何に買い替えたんだい」

「中古のパルサーよ」

「念入りに整備点検はしてもらった?」

「いいえ。どうしてそこまで?」

「保証はついてる?」

「十二カ月。お願いだから、男らしさを気取ってメカニックな質問をあれこれぶつけてくるのはやめてね。ちゃんと四つタイヤがついてて私を運んでくれる車なの。私にはそれで十分なんだから」

「ふうむ」

「どういう意味かしら」

「今晩、君に会えたらいいなと考えてた」

ジャスティンは息が詰まった。「わ……私も会えたらいいと思うわ」

「ああ、ジャスティン、僕は……」

「やめて、マーカス。私は仕事があるの。その気にさせないで」

「明日はどう? 一緒にお昼を食べるのは?」

お昼休みにあわてて抱き合うの? いやよ。そんなのはいや! 「だめよ、マーカス」

きっぱりと答えた。「土曜までは会わないわ。土曜の七時に迎えに来て」

「七時……」

「早すぎる？」

「いや、それほどでも。朝の七時でなければだが」

「違うわ」

「だろうね。それなら土曜まで電話はしない。話すとどうにも……落ち着かなくなる」

彼がデスクで興奮した体をもてあましているところを想像すると、意地の悪い喜びが込み上げてくる。なぜ彼を困らせたいのか、あまり深くは分析しなかった。たぶん、私はお返しをしたいのだ。幸せだったと言える無邪気な世界を、私は彼のせいで追われてしまった。性的な不満や情熱など、それまでは考えたことも感じたこともなかったのに。

「それなら今週は残業をしないでね。私が落ち着かなくなるから！」

「これはこれは、ずいぶん刺激的な告白だ。デスクや、きれいに磨かれた会議室のテーブルでのいろんな場面を想像してしまうよ」

ジャスティンは彼の想像に頬を赤らめた。幸い真っ赤になった顔は電話では見えない。

「役員会なら、仕事場ではもっと経済の問題に集中してほしいと言うんじゃないかしら」

マーカスは笑った。「さあね、ジャスティン。その話はまた今度だ。今週は猶予期間にしよう。だが、来週のことは約束できない。来週は来週だ」

来週のことなどジャスティンはとても考えられなかった。今は土曜のことで精いっぱいだ。

「明日はお母さんと一緒に君も来るのかい？」

「私が必要なの？」

「できれば別の言い方にしてもらえないかな」

「私がそっちに行くことが必要なんでしょうか」

「いいや」

「まあ、残念。ライムグリーンのドレスにアイロンをかけなくちゃと思ってたのに」

「ほっとしたような、がっかりしたような気分だな。あのドレスはゆうべの格好よりも君の脚を見せてくれる」

「大丈夫よ。お望みなら土曜日に着るわ。どのみち、あれしかないんだもの」

「あれしか……？　どういうことなんだ？」

「この暑さが続くとすれば、ライムグリーンか、フェリックスのパーティに着ていった赤のシルクか、着られるのは二つにひとつよ。手元に残した夏用のドレスは二枚だけなの」

「残した？」

ジャスティンは下唇をかんだ。失敗だったわ！　マーカスには、お金がないのをなげいたり、同情を誘っていると思われたくはない。

「ジャスティン？　説明してくれないか」

彼がこう言い出したからには、もう話すしかなかった。「外出用のいい服は、食費や電話代のためにほとんど売ったの。でなければ、今こうして電話を使ってはいないわ。たいしたことじゃないのよ。ママも私も、おしゃれなドレスはそんなにいらないもの。しばらくはあまり出かけることもないと思ってたし。だから、これから定期的にデートをするとすれば、あなたは同じ服をくり返し見せられることになるの。ごめんなさいね」

「あやまることじゃないさ、ジャスティン。あやまることじゃない」

「よかった。私も別にあやまるつもりじゃなかったわ。女の習慣なのよ。全然必要ないのに、いつもあやまっちゃうの。でも、ゆうべバージンだと言わなかったのは、本当に悪かったと思ってる」

彼のため息はどんなふうにも取れたが、ジャスティンは無意識に悪い意味だと受け取った。

「やめたいなら、そう言って！」

「やめる気はないよ」

「じゃあ、何が問題なの」

「問題があるなんて言ったかな」

「ため息をついたわ」

彼は乾いた笑い声をあげた。「ただのため息だよ、ジャスティン。深読みすることはない。疲れてるだけだ。ゆうべあまり寝てなくてね。どうも週末まで眠れない夜が続きそうだな」

彼がベッドで自分を思い、自分を求めながら寝られずにいる様子を想像すると体が震えた。「マーカス」低くかすれた声になった。

「うん？」

「土曜は遅れないでね」

「心配いらない。遅れないよ」つらそうな声だった。

13

彼は遅れた。七分が過ぎていた。それだけでもジャスティンには十分だった。もし彼が来なかったり、彼に二度と会いたくないと思われたらどんな気持になるのか、少しだけれど実感することができた。

落胆という言葉ではとうてい言いあらわせない。永遠に思えたその七分間、ジャスティンは居間を行ったり来たりしては、カーテンのすき間から外をうかがった。母は午後の庭仕事を終えて二階でお風呂に入っていたから、幸いにも、ふだんと違う娘の動揺ぶりは見られずにすんだ。

不安でたまらないのは性的な欲望のせいだ。そう思い込もうとしても、なにかすっきりしない。真実に気づいたのは、マーカスのメルセデスを見て、安堵《あんど》のあまり泣き出しそうになったときだった。

「どうしよう。私は彼を愛してるんだわ!」

カーテンから手を離し、バッグを胸にぎゅっと抱きかかえて涙を我慢した。うれしいのか狼狽《ろうばい》しているのか、自分でもよくわからなかった。

しっかりするのよ。理性がさっと話しかけた。彼を愛してるのね。いいじゃない。でも彼はあなたを愛してないわ。ロマンスを夢見てはだめ。トゥルーディの忠告は正しかったのよ。彼はあなたとは結婚しない。情事を楽しみたいだけなの。いいわね。わかったわね。

七時七分、なんとか落ち着きを装ったジャスティンは、いかにもこの状況にふさわしく口をとがらせてから、ドアベルに応《こた》えた。すぐに、遅れたことを怒るつもりだったが、ドアを開けたとたん非難の言葉は凍りついてしまった。

マーカスは黒を着ていた。全身黒だった。初対面の日に着ていたピンストライプのスーツのような、陰気な葬式向きの黒ではない。つややかで深い黒。どこから見ても罪とセックスを感じさせる黒だ。

飢えた目で見ないように注意しながら、優美で申し分のない彼の服装をひとつひとつ観察した。

イタリア製だと一見してわかる軽いウールのパンツに、長袖《ながそで》でオープンネックの黒いシルクのシャツ。靴もベルトも黒い革製だ。そこにきらめく黒い瞳とつややかな黒髪とくれば、それはもう、全女性が空想する、危険な魅力にあふれた恋人そのままだった。

赤いシルクのドレス姿のジャスティンを見て、彼のほうも言葉を失っていると気づいたのは、何秒かたってからのことだった。アップにした髪、極端にヒールの高い赤い靴。上から下へと細部にわたって目を走らせながら、彼は何を感じているのだろう。感情を抑えた真剣な黒い瞳を見る限りでは、やはりこちらの服装に心を乱されているように思える。そう考えているうちに、体中の血がざわめき出した。

「ライムグリーンのドレスのほうがよかったよ」マーカスがようやく低い声を出した。

「あなただってピンストライプのスーツのほうがよかったわ」平然と言い返す。

瞳と瞳がぶつかると、彼は口の端を上げて苦笑した。「夜食をとることにして、夕食はパスしないか？　食事は夜が……ふけてからだ」

ジャスティンはためらった。彼との関係に飛び込むにしても、セックスだけがかかわっていたときとは違う。愛してしまった彼に、体を投げ出して大丈夫なの？　これからのことは、いろいろな意味で新しい経験だ。本当のところ、怖くて仕方がない。

マーカスは彼女のためらいを見て眉をひそめた。いまさらなんのゲームをしてるんだ。まだじらすつもりなのか？　食欲もない僕を、長々と食事の席に座らせておくのか？　そうすれば欲望が張り詰めて頭が働かなくなるから、いざというときにはなんでも、結婚さえも約束してくれると期待してるのか？

最後の想像にショックを受け、マーカスは冷たく厳しい現実に引き戻された。今週、マーカスの頭の中にはずっとジャスティンのことがあった。自分の身勝手な下心や、彼女が予想を次々と裏切ってくれる現状について考えていた。最後には、彼女の自分への思いは本物かもしれない、金目当ての計画などないのかもしれないとまで思い始めていた。しかし、それが事実なら、ここでためらうはずがない。今の僕のように、たまらなく相手が欲しいはずだ。ためらったりじらしたりするはずはない。

マーカスは低くいら立った声を吐き出した。「君がどうしてもと言うなら、夕食にしよう」

「いいえ……どうしてもだなんて……」

「じゃあ、何が問題なんだ」

「問題？　た……たぶん、ちょっと神経質になってるのよ」

マーカスはふっとため息をついた。そうか、考えてもみなかった。動機がなんであれ、ジャスティンが男とベッドに入るのは、今日が初めてだ。彼女が不安を抱くかもしれないことに思いが至らないほど、彼は二人のセックスがすばらしいものになると確信していたのだ。

彼女の手を取って指の一本一本に唇を押しあてた。「僕を信頼してくれ」熱い吐息でささやくと、週の初めから一分一秒休む間もなく自分を苦しめてきた欲望が、また暴れ出した。

彼女は、マーカスが家から通りに連れ出すときも、車に乗せるときも、ひと言も口をきかなかった。マーカスの家に着くまでの二十分間も、さらに、車三台分のガレージから家に入るまでの間も同じだった。

これほど豪華な家なのに、彼女は何も感想を言わなかった。ぜいたくに慣れているからだろう。彼女のような人間にはそれがあたりまえになっている。

最初の言葉を聞いたのは、主寝室に入って、彼女を自分に向き合わせたときだった。

「奥さんと寝ていたベッドはやめて」

マーカスは驚いた。震えながら発せられた言葉にも、その裏にある明らかな心の揺れにも。嫉妬《しっと》から出た言葉なのだろうか。そうであってほしかった。嫉妬ならごまかしがきかないし、嫉妬なら共感できる。彼も自分と寝たあとにほかの男のベッドに行くジャスティンを想像すると、いまだはっきりと形のつかめない、黒々とした嫉妬を感じてしまうのだ。

彼女を腕に抱き寄せた。唇がすぐ近くにある。きらりと光った瞳に、マーカスは自分と同じ、満たされたいという欲求を感じ取った。

「別のベッドだよ」低くうなるように言った。「彼女を追い出したあとに、新しいのを買った」

「そう。だったらいいわ」そう言うなり、ジャスティンはマーカスの腰を抱き、体を押しつけてきた。

マーカスは荒々しく唇を重ねた。川が氾濫《はんらん》するように、熱い欲望が体の中で荒れ狂う。

彼女の服をはぎ取ってこの場でひとつになりたい。そんな原始的な衝動を必死で抑えようとしたが、ジャスティンはマーカスの努力をよそに、喉の奥から悩ましげな声をもらし、彼の背中に爪を深く食い込ませ始めた。

マーカスは息苦しくなり、唇を引き離して大きく息を吸った。だが名前を呼ばれると、キスに戻らずにはいられなかった。震え出した抑制のきかない両手を、ホルターネックのドレスの後ろに伸ばす。ひとつだけあるボタンが外れた。すぐに彼女の裸身があらわれるのだと思うと、頭の中が真っ白になって思わずうめいてしまった。すでに不安定だった自制心が、音をたててくずれ落ちた。マーカスはかすれた叫びをもらすと、ジャスティンを抱え上げてベッドに運んだ。

獣にも似た彼の荒々しさに、ジャスティンは酔った。求めていたのはこれだった。考えたり悩んだりするより、こうして激情の波にのまれたかった。

ベッドに横たわり目を見開く。頭がくらくらした。マーカスはその間に彼女の服を脱がすと、自分も横になった。

遠慮のない手が素肌をまさぐる。肌が、血が熱くなっていく。息が詰まって甘い声がもれる。小きざみに、そして大胆に身をくねらせずにはいられない。脚がもっと親密な行為を望むように開いてしまう。

彼はどこに触れればジャスティンを歓喜させられるか熟知していた。どう触れればいいのかも。手の愛撫《あいぶ》が唇に、さらには舌に変わった。三度目の絶頂が訪れたとき、彼女はもうやめてと懇願していた。

マーカスは聞き入れてくれた。しかし、服を脱いでさっと避妊具をつけると、彼はジャスティンの呼吸が少しも回復しないうちに、体ごとおおいかぶさってきた。前の痛みが思い出されて一瞬パニックにおちいりかけたが、胸にキスをされただけだったので、ジャスティンは安堵のため息をもらした。

だがほっとするどころか、すぐに何度も声をあげることになった。胸の頂が彼の口で容赦なく責められた。胸に火がついたようになり、体全体が炉のように燃え上がった。彼が脚の間に体を移してきたときには、痛みへの心配はもうどこかに飛んでいた。ジャスティンは愛する人と、ただただひとつになりたかった。

そのまま、彼女は痛みを感じることなくマーカスと結ばれた。彼に満たされ、ぎりぎりまで張り詰めているのに痛みはなかった。脚が自然に彼の腰にまわる。体と体が重なり、溶け合ってひとつになった。

彼の動きを感じて、小さくうめいた。彼が顔を包んでキスをし、舌を体と同じリズムで律動させる。想像をはるかに超える親密な交わりだった。想像よりはるかに感動的だ。ジャスティンはマーカスに一心にしがみつき、ついには彼と一緒に絶頂を迎えた。

「ああ、マーカス」はじかれたように唇を離して声をあげた。深く満たされた体は痙攣《けいれん》をくり返して彼を断続的にしめつける。「私のマーカス……」

〝私のマーカス〟そう言われると、もはや心地よく彼女の中にとどまっていることはできず、マーカスは理性以上のものを失ってしまう前に、体をまわして彼女から離れた。心のひだを揺さぶられていた。ばかな言葉や約束をうっかり口にしてしまいそうだ。

さっとベッドから下りてバスルームに入った。すべきことをすませると、鏡の中の自分をにらんで言い聞かせた。相手が初体験だからといって常識を見失うな。バージンは純情とも、無知ともイコールじゃない。演技でないとはまだ言い切れないんだぞ。

しかし、演技をするような偽りのやり方は、マーカスの知っているジャスティンにはそぐわなかった。彼女は自分のことをあとまわしにして心から母親を愛し、家庭を愛している娘だ。生活のために車も服も売った女性だ。金持の恋人に金をねだるより清掃の仕事を選んだ、気概のある立派な人間だ。

マーカスは鏡の中の自分に顔をしかめた。油断のないまなざしに、不機嫌な口元。弱ったことに、長く女性への不信感をぬぐえずにきたせいで、今さら簡単には変われない。感情に素直になれないし、ジャスティンがなんらかの魂胆から自分を操ろうとしているという可能性をなかなか否定できない。

どうしてこうなんだ！　自分の中に巣くう疑惑や不信感が我慢ならなかった。おかげで望みがさまたげられつつある。望みとはジャスティンをベッドに引き入れること——ひと晩だけではなく毎晩だ。彼女にも自分と同じ気持になってほしかった。何がなんでも僕を独占したいと思ってほしい。

これは愛かもしれない。愛とは違うのかもしれない。だがどっちにしても、もう背は向けられない！

ジャスティンは、悲しい気持にも後悔する気にもなれずにいた。後ろ向きの考えでだいなしにしてしまうには、あまりにもすばらしいひとときだった。愛してるとか結婚したいとかいう気がなくても、彼が好きになってくれたことは疑いない。私は求められている。求められているとはっきり確信できる。

バスルームのドアが開く音に振り返ると、彼が立っていた。うれしいことに何も着ていない。これが男なんだわ。広い肩、引きしまった腰。きたえられた長い脚。黒く柔らかい毛がおおう見事な胸。

視線を上げて目と目が合ったとたん、胃がきつくしめつけられた。欲望の色はそのままだが、何かが違う。鋭く視線を据えたまま近寄ってきた彼は、彼女の隣に横たわるとまた唇と手で愛撫を始めた。今度は不思議なくらい自分を抑えている。荒々しさがみじんも感じられない。彼の手は優しく、唇はからかうようで、舌は静かにじらして興奮を誘い出す。

おさまっていた炎が彼によってゆっくりと、巧みにかき起こされていく。どうにもできないところまで高められ欲情にのみ込まれたとき、今度はジャスティンが責め手にまわって彼を仰向けにし、自分がしてもらったように、相手のその場所に唇をあてた。


張り詰めた彼の上を彼女の唇がかすめると、マーカスは息をのんだ。高潔さが邪魔して彼女を止めないよう、キルトを強くつかんだ。彼女の無心の情熱に、とにかく無心になって従いたかった。状況に水を差すような感情が次から次へと襲ってくるが、自分がそれに負けないことを願い、祈った。これこそ求めていた展開ではなかったのか。その気になった彼女が、いつでもどこでも、どんな要求にも一心不乱に応えてくれる。初対面のときからとりつかれていた願望だ。それが現実になったときこそ、たまらない激情が燃えつきて、平静が取り戻せるのだ。

彼女を愛したくはない。ただの本能的な欲望、一時的な迷いだ。炎は消すことができると思いたい。

彼女の愛撫に激しい感覚が一気に突き上げてくる。お願いだ、その先はやめてくれ。気がつくと、矛盾する感情に苦しめられていた。というのも、頭の隅では――厳しい真実のために空けてあるその場所では、理解していたのだ。もし彼女が次のステップを実行して、自分が分別をなくして叫んでしまうことになれば、僕は永久に彼女のとりこになってしまう。

彼女の唇が開くとマーカスは喉を鳴らした。口の中にのみ込まれ始めると、うめき声がもれた。甘美な感覚と、はかりしれないショック。ああ……。

荒れ狂う感情に圧倒されないよう、体にぐっと力を入れた。それでも彼女の、そして自分の熱い欲望の前では無力だった。僕が彼女を奪うはずだったのに、今は僕のほうが降伏寸前になっている。

彼女の口と手は巧みで、その上容赦がなかった。彼が降伏するまで許さないと言わんばかりだ。

マーカスは耐えた。永久にも思われる時間だったが、おそらく一分か二分のことだったろう。愛撫が一瞬止まったときにはほっとして、持ちこたえられるかもしれないと思った。だが、ちらりとこちらを見上げた彼女の目が、マーカスを圧倒した。熱っぽいその瞳には、盲目的な愛情が浮かんでいた。

もうやめさせるどころではなかった。マーカスは燃える体に再び触れてくれるよう彼女をせき立てると、それまで抑えていたものすべてを解き放った。体も、心も、魂までも。

14

マーカスはベッドの横に立って裸のジャスティンを見下ろしていた。彼女は胎児のように丸くなっていた。左腕が完璧《かんぺき》な胸をおおい、枕《まくら》には美しい髪が広がっている。丸いヒップはまるで子供のようだ。

ただし、ベッドでの反応に子供っぽさは皆無だった。彼女はどこまでも成熟した女性だった。

何度、彼女を抱いただろう。覚えていないくらいだ。数え切れないほど抱けば、熱い欲望も、それよりもっとやっかいな感情も消え去ると思っていた。

だが、だめだった。どれだけ触れようと、そのたびに同じ思いが胸にあふれる。もう否定してもむだだった。僕は彼女を愛している。

どうするつもりなんだ、マーカス。

まだわからない。だが急ぐことはないだろう。思いがけない展開だが、言葉にすべき理由はない。もっと自分の気持を探ってみる時間が必要だった。心を惑わせ、堕落させる肉体から離れて考えるのだ。

その彼女の感触を思い出すと、下腹部が激しく緊張した。いくらくり返してもきりがなかった。欲望に飢えた目で彼女を見つめながら、ベッドの足元をぐるりとまわった。もう十分だ、やめておけ。マーカスは自分に言い聞かせた。どうせ同じだ。終わっても彼女を求める気持は変わらない。次も、その次も。

もうかれこれ夜中の三時だった。二人の営みは断続的に何時間も続いた。炎と燃える交わりを中断したのは、コーヒーを飲むためと、体に活力を戻すために何度かプールで泳いだときだけ。何も食べずに互いの体だけをむさぼった。交わしたのは恋人どうしの会話だった。たいした意味のないほめ言葉がほとんどで、口にしたのは主にマーカスのほうだった。

もちろん、愛しているとは言っていない。彼女のほうからも、そんな言葉は出てくる気配さえなかった。しかし彼女が性的に興奮していたのは確かだ。僕の手に応《こた》えて固く突き立つ胸の頂も、色の濃さを増しながら焦点を失っていく瞳も、彼女の意思でどうにかできるものではないのだ。

演技ならあれほど協力的になれはしないだろう。こちらの要求すべてに対して、彼女は無心に応じてくれた。驚くばかりの献身ぶりに、マーカスは心を奪われた。

思い出すと思わずうめき声がもれる。あきれたことにまた体がうずき出してしまい、顔をしかめた。早く彼女を起こして家に送ってやらなければ。だが、できなかった。彼女の反応ぶりを考えただけで、たまらなくなって横に寄り添った。なめらかな脇腹《わきばら》あたりをさすっていると、彼女はううんと言いながらマーカスにすり寄ってきた。

「もう遅いよ」マーカスは彼女の肩にキスをした。

ジャスティンは、眠そうな声を発しただけでマーカスの胸にキスを返した。

「君を送っていく時間だ、ジャスティン」

「帰りたくないわ」彼女はマーカスの乳首を舌で愛撫《あいぶ》し、それから歯をあててきた。マーカスは、はっと息を吸った。「ずっとあなたと一緒にいたい」彼女がため息混じりにつぶやく。

マーカスは眉をひそめた。プランBをほのめかしているのだろうか。確かめてみることにした。

「どういう意味だい」慎重にきいた。「僕の家に越してきたいと言っているのかい」

彼女はさっと頭を起こすと、顔にかかった髪を払った。「とんでもない。私には下宿屋の切り盛りがあるもの。あなたには言ってなかったけど、新聞に出した募集に、今日たくさん問い合わせが来たの。部屋が十倍あっても埋まりそうよ。さっきはちょっと……願望を言ってみただけ。ちゃんと帰るわ」

おかしな話だが、そう聞くとがっかりした。僕を愛しているなら、好機とばかりに飛びつくはずだ。結婚をたくらんでいるなら、大喜びするはずだ。

本当にたくらんでいてくれれば、とさえ思いたくなる。「僕がそうしてほしいと頼んだら？」期待に震えながら返事を待った。

ジャスティンは起き上がって目を丸くした。「どうしてあなたが？　そういうのは嫌いでしょう？」

とても恋こがれた者のせりふではない。ばかみたいにのぼせているのは僕ひとりだった！

「嫌いじゃなくてもいいだろう」ゆっくりと言いながら彼女の胸に触れた。すばやい反応に男の自尊心が慰められた。少なくとも欲望は感じてくれている。

それとも、彼女が夢中になっているのは欲望そのものなのか。ステファニーと別れたのち、マーカスは特に好きでもない女性と肌を合わせて肉体的な慰めを得たことが何度かあった。ジャスティンも同じなのかもしれない。

特別な感情を持たれていなかったのかと思うと、マーカスは打ちのめされた。

「僕に何を求めているんだ、ジャスティン？」衝動的にきいていた。「この関係に何を期待してる？」

その言葉には険があり、〝期待〟の部分が強調されていた。なんてことなの。彼は私が結婚をねらっていると思っている。愛してはいるけれど、結婚なんて考えたこともないのに！

マーカスが絶対に結婚を望まないと知っていて、どうして結婚を考えたりするだろう。トゥルーディは絶対に恋してはだめだと忠告してくれた。本当の気持にわずかでも気づかれたら、私は二度とマーカスに会えなくなってしまうわ。

彼とベッドで愛し合えなくなる。彼だけがもたらしてくれるあの快感を味わえなくなる。残酷なほど実利的な回答が頭に浮かんだ。彼を失うくらいなら、嘘《うそ》をついたほうがましだわ。彼とのかかわりが絶たれるくらいなら、むしろ求められる役割を演じたい。

「期待？　どういうことかしら、マーカス。私が求めているのは、あなたの言ってくれたことだけよ」

「それは？」

「あなたの友情。もちろん体もだけど」思わせぶりにほほ笑んでつけ加えた。

「僕の体か……」

ジャスティンは、彼の胸から興奮しかかった下腹部へと手をすべらせた。彼の体と一緒に心臓がぴくりと跳ねた。愛がセックスのイメージをこんなにも変えてしまったなんて、いまだに信じられない。セックスの何もかもがすてきに思えた。マーカスとなら何をしても恥ずかしくなかった。すべてが自然で、それでいて、たまらない興奮を感じてしまう。

彼に触れ、彼を知るのは喜びだった。彼を感じさせ、そのしぼり出すような声を聞き、自分の中の奥深いところで震える彼を感じるのはうれしかった。

彼はベッドの端で上体を起こした。「プランBについて話してくれ」いら立たしげな口調だった。

「プラン……B?」ショックに言葉が詰まる。

振り返ったマーカスの視線は冷たかった。

「とぼけなくていい。パーティの夜、フェリックスに聞いた。僕が一番の候補者だとほのめかされた」

ジャスティンはまじまじと彼を見た。動悸《どうき》が激しくなっていた。そんなこと……。私はこれまでずっと結婚を目的に誘惑していると思われてたの? ベッドでの行為も欲得ずくで、本心からじゃないと思われてたの? あれほど親密な関係を求めて楽しんでいながら、彼は私を冷たい野心を持ったいやな女だと思ってたの?

もしそうなら、地獄へおちるがいいわ!

「言っておくけど、それは私のプランじゃないわ」深い失望と落胆で声がかすれた。「トゥルーディよ。金持の夫をつかまえたらなんて、ばかなことを言ってたの。あなたならよさそうだと最初は思ったようだけど、私がすぐに訂正してあげたわ」

彼は明らかにかちんときたようだった。「僕が夫としてふさわしくないと思うのか?」

「当然でしょ。あなたは女性に対して厳しすぎるし、頭から信用してないじゃない。あなたを生涯の伴侶《はんりょ》に選ぶ女性がいるとしたら、どうかしてるわ」

「そうなのか？」

「ええ。私が結婚するなら、私を心から愛してくれて、何よりも誰よりも一番だと思ってくれる人よ。その人は何が目的かとたずねたりはしないわ。なぜなら、私が同じだけ愛しているとわかってるからよ。お金目当ての結婚がどういうものか、私は間近で見てきたの。あんなゆがんだ関係はこっちからお断りよ。だから、心配はやめてちょうだい、ダーリン」怒りを抑え切れずに強く言い放った。「私はあなた自身にも、あなたの銀行の口座にも下心は持ってないの。欲しいのは体だけ。でもあなたの態度次第では、それだって欲しくなくなりそう。お金目当てのふしだらな女だと思われながらつき合うなんて、いやになるのはわかり切ってるわ！」そそくさとベッドを下りて、床から次々に服をかき集めた。

「ジャスティン」マーカスがあわてふためいて追ってきた。「怒らないでくれ、悪かった。僕は……」

「怒ってないわ。はらわたが煮えくり返ってるだけよ。長い間待ち続けてバージンを捧《ささ》げた相手が、あなたみたいな心のねじれた人だったんですもの！」

彼の横を通ってバスルームに行こうとすると、二の腕をつかまれてぐいと体をまわされた。彼の顔が正面にきたが、抱えている服のおかげでうまく素肌が触れ合わずにすんだ。

こんな怒りの中でも欲望は、愛は、消えないものらしい。こんなときまで彼を欲しいと思ってしまう自分が信じられない！

「そうさ」低くうなるような声だった。「僕は女性に厳しいし、女性の誠実さが信じられずにいる。君の言うとおりだ。でも君と同じように、僕はそんな自分の性格を憎んでいる。初めて君を見た夜も、偏見だらけの独善的な考えしか持てなかった。腹立たしいよ」

意外な話にはっとした。初めて会ったのは夜じゃないわ。彼はなんのことを言っているの？

「君の混乱はわかる。君が銀行に来た日のことじゃない。僕はそれ以前に君を見てるんだ。フェリックスのパーティでだった。去年の十一月だ。僕は家の中でフェリックスと一緒だった。君はプールではしゃいでいた。若い崇拝者たちに取りかこまれて」

「それから？」

「しばらく君を見ていたよ」

あの夜ならジャスティンもよく覚えていた。父が死んだ夜だ。プールの様子が鮮やかに思い出される。ハワードがふざけて、水中でビキニのトップを引き下ろそうとした。とりわけよく覚えているのが、いかにもあのころのわがまま娘らしい、つんけんした態度でプールから上がったことだ。

マーカスに見られていたと思うと、恥ずかしさに頬が染まった。「ばかみたいに見えたでしょ」

「信じられないほどきれいだった」黒い瞳が熱く輝いた。「君が欲しいという気持が抑えられないほどだった。僕が見とれているのに気づいて、フェリックスが紹介しようと言ってくれたが、僕は断って帰った。君をステファニーの同類だと思って……」

彼の目に苦痛の色が浮かぶのを見て、ジャスティンは胸を打たれた。「奥さんにずいぶん傷つけられたのね」

「夢をずたずたにされたよ」

「夢？」

「ああ。だがそれは別の話だ。興味を引く話じゃない。ただ、わかってほしいんだ。君が銀行にあらわれたとき、僕は君を悪く取る下地ができ上がっていた。だけど、君を欲しいと思う気持に変わりはなかった。困ったことになりそうだと思ったよ。僕は君を見下すどころか、もっと欲しくなってしまった。君とひと晩過ごすためなら、信じていた道徳観をすべて捨て去ってもいいと真剣に思った」

「そんな！」

「ひと晩の願いがかなえられた今、僕は前よりさらに君が欲しくなった。君のすべてが好きだ。一生懸命に生きる姿も、無邪気さも、情熱も」

「セックスが、じゃないの？」

「セックスもだ。結婚してくれ、ジャスティン」

ジャスティンは呆然《ぼうぜん》として彼を見た。「結婚！　いえ、私……できないわ！」

「どうして」

「どうしてって……結婚すれば、今度は私の夢がずたずたになるもの」

「夢って？　下宿屋のことかい？　ジャスティン、僕の妻になればそんな心配はいらない。借金は僕が返す。君のお母さんには家政婦をつける。お母さんにも君にも、一生暮らしに不自由はさせない」

傲慢《ごうまん》なほどの無神経さに、頬をたたいてやりたいと思った。彼は自分の言っていることがわかっているのだろうか。父や、ステファニーと同じだ。愛よりお金のことばかり。ジャスティンは泣き叫びたい衝動を抑えて、はっきり説明することにした。

「そうじゃないわ、マーカス。あなたは考え違いをしてるわ。私の夢は下宿とは関係ないの。愛よ」

「愛だって？」

「そうよ。初めて聞いたみたいな声ね。私は愛の、真実の愛のためにしか結婚しないと誓ったの。肉体的な欲望だけで結婚はしないわ。ごめんなさい。あなたは……私が思い描く人じゃないの」軽い口調で先を急いだ。みっともなく泣いたりするのは、話がすんでからだ。「プロポーズ、ありがとう。でも無理しなくてよかったのよ。今の時代、バージンを奪ったからって結婚することはないの。あなただって、衝動的な申し込みにイエスと言われなくてよかったと、あとから考えればきっとほっとするわ。あなたは私を愛してはいないのよ、マーカス。ただ私を抱きたいだけ。抱くのはかまわないわ。何度でも楽しみましょう。お金もなし、面倒な結婚の話もなしでね。だって、私もあなたに抱かれたいもの。ベッドでのあなたは、思ったとおりにすてきだったわ。じゃあ、シャワーを浴びて着替えてくるわね。そろそろ家に送ってもらわないと、母があなたをショットガンで脅して無理やり私と結婚をさせるかもしれないわ」

離れていく彼女の裸を、マーカスは驚いた顔でじっと見送った。頭はむしろ喜びに混乱していた。

彼女はプロポーズを断った。結婚にも、それに銀行口座にも興味はないと突っぱねてきた。彼女はステファニーとは違う。まるきり違っている!

待てよ、おまえを愛していない点では同じだろう。現実を教える残酷な声がふいに聞こえてきて、喜びに水をさした。聞いただろう、彼女は真実の愛のためにしか結婚しないんだぞ。

だったら、僕を愛するように仕向けないと。

だが、どうやって。

セックス？　そうだ、これからもセックスの機会は逃さないことだ。ベッドではすてきだと彼女は思ってくれている。次はベッドの外でもすてきだと言わせよう。彼女はまだ何も知りはしないのだ！

気を引くのは？　一日置きに電話する。

プレゼントは？　花を贈ろう。訪問するときは、チョコレートと香水を持っていく。いや、だめだ！　それじゃ、まだ彼女を金品目当てと思っているみたいじゃないか。花だけにしよう。やりすぎは禁物だ。

お世辞は？　いらない。本当のこと、思ってるそのままを言葉にすればいい。最高にきれいで、賢くて、ウィットに富んでいて、楽しくて、すばらしくセクシーな女性だと！

だが、おなじみのあの方法……口を開くたびに愛しているとつけ加えるのは？

どうしてだろう。この事実に限って、伝えてもうまくいかないと思ってしまう。やはり、この言葉は時機を待とう。何かが変わって、ジャスティンがそれを僕の本心からの言葉だとわかってくれるまで。そのときにこそ、成功のチャンスが訪れる！

マーカスは決然と顔を上げた。今日までいやになるくらい合併や乗っ取りを指揮してきたが、今度の件に比べればどれも些細《ささい》な仕事だった。むずかしい挑戦には俄然《がぜん》やる気が出る。ジャスティンの愛を得るのがまさにそれだろう。しかし、僕の愛を彼女に信じさせるとなると、精神的な苦労は『ミッション・インポッシブル』にも相当しそうだ！

とはいえ、マーカス・オズボーンが手に入れると決めたら、まわりは注意することだ。だてに、最年少の若さで頭取を務めてはいない！

着ていた服を床からかき集めようとしたとき、シャワーの音が響いてきた。じわじわと空想が広がる。シャワーにはエロチックな要素がふんだんにある。裸の体、温かいお湯、ボディーシャンプー、ボディーブラシ……。

マーカスはズボンを床に落とすと、バスルームへと歩き出した。

15

「あなたがいなくなるとさみしいわ」翌週の金曜日、夜八時半のお茶を飲みながらパットは言った。

「よく働いてくれたもの。いいお嫁さんになれるわね」

ジャスティンもそう思った。だけどマーカスはどうだろう。衝動的にプロポーズをしてくれたあと、彼は二度と結婚を口にしなかった。それよりも、ジャスティンが言った、セックスはかまわない、お金もいらないとの申し出をひたすら実行に移した。彼は私が愛していることを知らない。ただ、体を求めているだけだと思っている――もちろん、それも事実だけれど。

この前の日曜日には、マーカスがまた夕食に連れ出してくれた。この日はちゃんとレストランに入った。二、三品食べたはずなのに、どんな料理だったか全然覚えていない。性的な緊張感がやたらと邪魔をして、マーカスの家に向かう車の中では、二人ともぎこちなく黙り込んでしまうほどだった。

ベッドまでは行き着けなかった。家に入るなりマーカスが求めてきたのだ。おかげで、あとで脱いだ服を見つけるのがひと苦労だった。服は家中に散らばっていた。パンティは玄関ドアの脇《わき》、ライムグリーンのドレスは居間の革張りのソファの横。ブラジャーはテラスで湿っていた。

月曜日にはマーカスに説得されて、お昼を一緒に食べようと決まった。しかし、当然というべきか、彼のメニューにあるのはジャスティンだった。車が店ではなく家のほうに向かったときには文句を言ったが、力ない非難はすぐさま彼が感じているのと同じ、良識を超えた熱い情熱に変わってしまった。

火曜日。マーカスの家の外でどきどきしながら待っていると、約束どおり一時を少し過ぎたころに彼の車があらわれた。ひどく暑い日で、この日は二時間、プールで過ごしながら愛し合った。マーカスが銀行に帰るころには三時を過ぎていた。残されたジャスティンはぐったりして、彼のつきないスタミナと想像力に驚くばかりだった。

水曜日は、お昼を一緒にという彼の誘いを断った。あまのじゃく的なプライドが、そんなにたやすく応じてはいけないと急に主張しだしたのだ。けれど、そのあとがさんざんだった。

一日中、たまらない思いで、相変わらずの暑さがまた気持をあおった。下宿人を迎えるためにシーツを洗ったりベッドを整えたりするより、プールで魅力的な裸のマーカスと一緒にいたいと、どんなに思ったことか。夜になって清掃の仕事に就くころには、すっかり後悔していた。マーカスの与えてくれる喜びを拒否することはない。愛が得られないなら、せめて彼とのセックスを楽しんだっていいだろう。

　清掃用のカートを押して彼のオフィスに入ると、デスクに本人が座っていた。堅苦しいピンストライプのスーツを着ていても、抜群にセクシーだった。悪魔のささやきに負けたジャスティンは、その場で彼を誘っていた。すぐ横の廊下で人が行き来しているというのに、自分はデスクの下でいったい何を……。思い出すと今でも赤面してしまう。

　あれやこれやの心ときめく官能的な経験も、しかし、木曜日の出来事には比べようがなかった。

　木曜日。シドニー湾に面したきらびやかなホテルで豪勢なお昼をごちそうしてくれたあと、マーカスは上の客室へ行こうと誘ってきた。

「午後をゆっくり楽しむためだよ」彼はそう言い、午後は帰れないとグレースに電話をかけた。それは、きわどさを隠した二重の意味《ダブル・ミーニング》を持つ言葉の典型だった。彼は秘書に、食事中に大切な顧客と会った。今までにないエキサイティングな話を持ちかけてきたから、午後は交渉でつぶれそうだと説明したのだ。

　そのときには、彼が本気だとは知らなかった。一度映画で見て、おもしろそうだと思ったらしい。

「もちろん、パートナーが心から信頼できる人でないとだめなんだ」彼はささやき、ジャスティンを部屋のドアに押しつけるとキスで承諾させた。

思い出してジャスティンは首を振った。あの日の午後は彼の体を意のままに従わせることで、背徳的な興奮と、そして、驚くほどの情報を得た。ジャスティンは夢中になって彼を責め、快感のふちまで駆り立てた。当人には拷問にも思えるそのぎりぎりのところで、ふつうならはぐらかされそうな質問を優しくきいていく。欲望を解き放ちたいばかりの彼彼からは、内面を隠す心の垣根も楽に取り払うことができた。すると、さまざまな事実が、しぼり出すような声とともに次々と飛び出してきた。

午後の間に、ジャスティンは彼から身の上話をたっぷりとききだした。興味深く、感動的な話だった。マーカスを産んだのはドラッグの常習者で十代の家出娘。父親はわからない。幼いときに行政と善意の親戚《しんせき》の意向によって母親から引き離され、この上なく温かく迎えてくれる州の施設に入れられた。

母親が書類へのサインを拒むので、どこかの家の養子になるのは無理だったが、何度か里子には出された。里親は、愛に飢えた子供より政府から出る援助金に興味がある人たちばかりだったという。最後には男の子の問題児を預かる養護施設に入れられた。一時期ひどい悪さをくり返したせいだが、きっかけは母親がドラッグの過剰摂取で死んだと聞かされたことだった。その知らせは、いつかは本当の家族と暮らすという、彼が心密《ひそ》かに抱いていた夢を粉々にしてしまったのだ。

当然ながら、マーカスは学校を出るなり施設を離れ、独力で生活を始めた。働きながら大学を出たのち、銀行に就職して見習いの融資係になる。そして十二年後、同じ銀行の頭取になった。

口数少なく、遠慮がちに成功談を語る彼を思い出して、ジャスティンはふっと笑みをもらした。そんなに短期間で頭取になるなんて、大変なことだわ。

実のところ、彼の職歴について、ジャスティンは彼に教わった以上のことを知っていた。トゥルーディが今週いろいろな情報源をあたり、マーカス・オズボーンという類《たぐい》まれなる銀行家について集められるだけの情報を集めてくれたのだ。

八〇年代、彼は、たくさんいる見かけばかりの企業家への融資は見合わせるよう自分の銀行に提言した、投資部門の重役のひとりだったらしい。企業家たちは大手銀行のほとんどに詰めかけ、調子のいい甘言を並べながら投機的な事業に多額の融資を、それも適切な担保なしで承諾させていた。景気が暴落すると、銀行を大損害から守ったというので、マーカスは一目置かれる存在になった。昇進もとんとん拍子で二十八歳で副頭取に、三十で頭取になった。

この時期の彼の唯一の失敗は、頭取昇進のすぐあとにした結婚と言っていいだろう。トゥルーディの調査によれば、ステファニーは他銀行の頭取のひとり娘だったが、この頭取はマーカスほど先が読めた決断ができず、結局銀行をくびになっている。

いきなり家が落ちぶれてしまうと、甘やかされたひとり娘は、貪欲《どんよく》さから今をときめく銀行家に目を留めた。マーカスは彼女の身勝手な性格を知らないままに結婚してしまった。結婚生活はわずか一年で終わりを告げている。子供はいない。

ジャスティンは心理学者ではないが、ふつうの考え方をすれば誰にだってわかるだろう。恵まれない子供時代があったからこそ、彼はなんとしても成功しなければという気持に駆り立てられたのだ。けれど、いちずな野心の片側には、大きな傷つきやすい感情が常に寄り添っていた。

愛はどんなときにも諸刃《もろは》の剣だ。人は自分になかったものを求めるもので、彼も愛に不信感を抱きつつ愛を切望している。ただ問題なのは、彼が本当の愛を知らない可能性がある、ということだ。何しろ、彼には愛された経験がほとんどないのだから。

欲望と愛は、うっかりするとすぐに混同してしまう。若い美女がにせの愛情と甘言でせまってくると、人目を引く美しい外見の下に貪欲な本心が隠れていようが、男はすぐに参ってしまう。ステファニーこそが、そういう女性だった。

ジャスティンは顔をしかめた。マーカスはかなり長い間、私を彼女の同類だと思っていた。もう違うと認めてくれただろうか。そうであってほしい。プロポーズを断ったことが、お金目当てではないという証明になったと思うのだけれど……。

木曜日にマーカスからきき出せなかったことがらが、結婚生活についてだった。聞けたのは、ステファニーの浮気が原因で別れたということだけ。マーカスのもとの妻についての知識は、ほとんどがトゥルーディ経由なのだが、それにしてもわかったことは少ない。

突然、ジャスティンは思いついて、隣にいる女性にちらりと目を向けた。

「ねえ、パット。マーカスの……いえ、ミスター・オズボーンの奥さんに会ったことはある?」

「そりゃあるわよ。ボスがあの女と別れた日なんか、みんなで大喜びだったわ」

「それって、いつのこと」

「二年近く前かしらね。そうそう、二年前よ。まったく、時が過ぎるのは早いわね」

「どんな人だったの」

「見かけはよかったわ。金髪で背が高くて、スタイルは抜群。ミスター・オズボーンや彼の同僚の前では虫も殺さない顔をしていてね。でも自分に価値のない相手だと思うと態度が全然違った。俗物も俗物よ。そのころは私が七階の担当で、奥さんとも何度か顔を会わせたけど、向こうはいつも知らんぷり。そこにいないみたいに無視されたわ。グレースもひどい扱いを受けてたようで、よく怒ってたわよ」

「どうして別れたか知ってる?」

トゥルーディによると、ステファニーが一度ならず浮気をしたという噂《うわさ》らしいが、詳細はわからない。

「それははっきりしてるのよ。彼女はプール掃除に来ていた男とベッドにいた。そこをボスが見つけた。ボスはその場で彼女を追い出した。服を全部と、それに彼女自身を通りに放《ほう》り出したの。そして家の鍵を替えてしまった」

「まあ！　だけど、なぜそこまで詳しいの。マーカ……じゃない、ミスター・オズボーンがそんなプライベートな話を誰かにするなんて想像できないわ」

「この耳でじかに聞いてしまったのよ。当時はそんな日が多かったけど、あの晩もミスター・オズボーンは残業しに戻って来てたわ。そこへ奥さんがばたばたと入ってきて、もう言いたい放題。ちょうど会議室の掃除をしてたときで、境のドアが少し開いてたの。聞いててこっちが真っ赤になったわよ。女性の口からあんな汚い言葉が出るのを聞いたのは、初めてだったわ。でも、ミスター・オズボーンは立派だった。決して声を荒らげずに、帰ってくれと言っただけ。それでも彼女が、自分はほかにも誰々と不倫したと臆面《おくめん》もなくこと細かにがなり立てるものだから、彼もようやく警備員を呼んで強制的に連れ出させたの。みんなボスに同情的だった。人前であんな恥をかかされたのよ。同じ階にいた職員全員に聞こえたはずだわ。あれからいまだに浮いた話がないけれど、当然だってみんな思ってるの。ミスター・オズボーンはそういうことを深く思い悩んでしまう人なのよ。もう結婚はしないでしょうね。不倫を知るまで、彼はあの女にぞっこんだったもの」

目の前が暗くなった。恐れていたとおりだった。彼はステファニーとの過去を乗り越えられないから、別の女性を信頼できない。今の幸せを、二度と危険にさらしたくないと思っている。でも、わかってたことでこんなにうろたえるなんて、私もばかだわ。トゥルーディからしつこく聞かされていたじゃない。

ジャスティンはつらいため息をついた。夢見る愚かな心は、いつかマーカスが自分に恋してまたプロポーズしてくれたらと密かに願っていたようだ。

「どうしてこんな話を聞きたいの。ミスター・オズボーンに気があるのかしら」パットがきいた。

きかれて当然の質問だったのに、ジャスティンはどきまぎしてしまった。「あの、その、彼ってとてもハンサムじゃない？」

「おやおや」パットは心得顔になった。

「思いがけない展開ね。でもあなただって、そんなに美人なんだもの。ひょっとして、オフィスの掃除をしているときに、ボスに色目を使われたりしたの？」

「ときどき、妙にちらちら見られてるわ」罪の意識が顔に出ないように気をつけた。パットが事実を知ったらどうなったか。水曜の夜にマーカスのオフィスで起こったことを目にすれば、顔が赤くなるぐらいではすまなかっただろう！

今夜は残業しないで、とマーカスには念を押しておいた。最後の夜だから、いつにもましてきちんと掃除をしたかった。月曜にグウェンが戻ってきたときに、だらしない仕事ぶりだと思われたくはない。

けれど、誰もいないオフィスを掃除するのは寂しかった。マーカスが恋しい。彼の体だけではなくて、彼自身が恋しい。

突然耐えられない想像が頭に浮かんで、どきりとした。私を愛せないのだとしたら、彼はいつか私から離れていくかもしれない。私の体に飽きて、それで終わりになるかもしれない！

彼なしでどうやって生きていけばいいのだろう。今ではもう、かけがえのない人になっているのに。

泣きたくなった。でも泣いてはだめ。パットの前では泣けない。笑顔を取りつくろって、さっと席を立った。

「さあ、仕事に戻らなくちゃ」

「ミスター・オズボーンのことは？」

「彼のこと？」

「つまり……あなたと彼とのことよ。だって……ここで働くのは今夜が最後でしょう」

「わかってるわ。縁がなかったと思うしかないようね」胸が詰まった。

パットはため息をついた。

「そうしたほうがよさそうね。彼はステファニーにさんざん傷つけられてるもの。あの女はどうなったことやら。どうせ、なんの反省もなしに、新しい金のなる木をつかまえてるんでしょうけど。ああいうタイプは心がないのよ。うちのボスとは大違い。彼はとても心が優しいわ。知ってるかしら。彼はグウェンに花を贈って、その上大きなチョコレートの箱を抱えてお見舞いにも行ったそうよ。彼女、感動してたわ。一介の掃除婦にそこまでしてくれる上司がどれだけいるかしら」

「きっといないわ」ジャスティンは考え込んで答えた。「さあ、そろそろ仕事を始めないと。またあとでね、パット」

「じゃあね。ミスター・オズボーンのことであまり落ち込んじゃだめよ。あなたにはこれから何人もいい人があらわれるわ」

それでもマーカスほど惹《ひ》かれる人はあらわれない。ジャスティンは暗い気持で七階に上がった。半分ほど愛せる人だって出てこないわ。心の奥ではわかっていた。本当に愛せる人はこれから先も彼ひとりだ。

少し気分が軽くなったのは、マーカスが優しいというパットの言葉を思い出したときだった。パットやトゥルーディは、マーカスは深手を負っているから二度と女性を信用できないし愛せないと言う。でも、それは間違っているのかもしれない。彼に何を期待しているかと聞かれたことはあっても、こちらからきいてみたことは一度もなかった。答えを聞くのが怖かったのだ。彼の望みはセックスだけ？　それともまだ何かあると考えていいの？

今を楽しむだけにして、将来に期待をつなげてはだめだとトゥルーディは言うけれど、それは少し悪く考えすぎだ。それに、愛してることを絶対に知られてはだめだとまで言い張るなんて。

「知られたが最後、彼にいいように扱われるわ」トゥルーディは週の初めに電話でそう言った。

「本当よ、ジャシー。男とセックス——それも特にマーカス・オズボーンみたいな男のこととなると、あなたは森に迷った赤ん坊同然なんだから。彼らにとって、あなたのような女の子は朝食感覚なの。ここは親友の言葉を聞いて、できれば傷の浅いうちにやめたほうがいいわ。そのほうがずっと賢いわ。よけいなことは口にしちゃだめよ。彼に捨てられても、プライドだけは守れるようにね」

プライド。プライドを守ったところで、マーカスを失うならなんの意味があるだろう。

プライドなんか関係ないわ！

正直に話してみようか。ひょっとしたら彼の側にも言葉にしていない思いがあって、こっちが気持を打ち明けるのを待っているのかもしれない。

マーカスの過去を考えればあり得る話だ。彼は長期の関係を持つことに慎重になっている。特にステファニーを思わせる、甘やかされて育った女性との関係がそうだ。この前のプロポーズだって、衝動的に口走ったものではないのかも。あれが、密かな願望をうっかり口にしてしまったものだとしたら?

マーカスは私を愛している……。

心から愛してくれている。

胸がいっぱいになり、期待に鼓動が速まった。確かめなければ。今すぐに! 一秒だって待てない。

彼のオフィスに走り込むと、急いでデスクの上から受話器を取り上げた。番号を押して、呼び出し音を数える。五回、六回、七回。お願い、家にいて!

「マーカス・オズボーンです」

彼の声が聞こえるなり、今度は体がこわばってしまった。私ったら、なんてばかなことを。

「もしもし、どなたですか」

「マーカス?」声がうわずった。

「ジャスティン、君なのか?」

「ええ……」

「どうした。何かあったのか。どこにいるんだ。銀行で仕事をしている時間だろう?」

「ええ、あなたのオフィスにいるの」

「それで？」

「どうしても……あなたと話したくて」

「それは光栄だ。体は落ち着かなくなるけどね」平然と言う。「急いで収納室で落ち合いたいとか？　違う？　そうか。明日まで待つしかないようだな」

「マーカス……」

「なんだい、愛《いと》しい人？」

その呼び方が胸を突いた。「本当にそうなの？」声にならない。胸が苦しい。「あなたは私を……愛しているの？」

圧倒的な沈黙という表現を聞いたことがあったが、その意味をジャスティンは今初めて実感していた。マーカスの沈黙は大きな叫びとなって、数秒間頭の中をかき乱した。

「なぜきくんだい？」ようやく言葉が返ってくると、また胸が詰まった。

「急に……急に大事なことに思えたの」

「どうして」

「だから……お互い隠し立てなく、オープンにしたいのよ」気持を吐き出した。「初めて会った日のことを思い出すとぞっとするわ。心配だったの。まだ何かをねらってつき合ってると思われてるんじゃないかって。もちろん欲しいものはあるわ」夢中でしゃべった。

緊張しているせいで、言葉がとりとめもなくあふれ出る。「でもお金じゃない。結婚でもない。あなたとの結婚はいやじゃないの。いつかはね。でも、あなたが愛してくれて、そして結婚したいと思ってくれたらの話よ。だって私……私はあなたを愛してるから。それが言いたかったの。愛してる。ああ、怒らないでね。トゥルーディは打ち明けちゃだめだって言うんだけど……私はトゥルーディじゃないもの。そうでしょう？」

マーカスはわき起こってくる感情をどうにか抑えようとしたが、努力するだけむだだった。

「そうだよ」ようやく不明瞭《ふめいりよう》な声が出た。「君はトゥルーディとはまったく別人だ。それに僕は怒ってもいない。僕も君を……愛してる。愛さずにはいられないよ。ああ、ジャスティン。僕はもう胸がいっぱいだ」思わず感情を抑えるようにつばをのみ込み、濡《ぬ》れた目尻をぬぐった。「僕が最後に泣いてから、どれだけたっているかわかるかい？」

「泣いてるの？　私のために？」

「君のためさ」

「ステファニーのことでは泣かなかったの？」

「あのひどい女？　まさか。正体を知ったときはすぐにも別れようと思ったよ」

「彼女がどうなったか知っている？」

「君からそれをきかれるなんてね。僕も知らなかったが、火曜にグレースが新聞記事を見せてくれた。横領で裁判にかけられているニュージーランドの銀行家の記事だ。裁判所に入っていく彼の妻の写真があって、それがステファニーだった。妻の極度なわがままから犯罪に駆り立てられた、という話には笑ったよ。悪人に同情すら感じそうになった。人間の品性は決して変わらない。彼女は一生男から金をだまし取って生きていく。君がかわいい頭を悩ませる話じゃない。僕はあの女に我慢ならないんだ。今、目の前に裸であらわれても、何も感じないよ」

「でも……初めは愛したんでしょう」

不安そうな声に、マーカスは嘘《うそ》でごまかそうかとも思った。だが彼女は隠し立てをしないオープンな関係を望んでいる。ここは真実を話したほうがいい。

「愛だと思っていた。まだ大人になりかけで、完璧《かんぺき》な生活がしたいと夢見ていたときだ。そこには完璧な妻も必要だった。ステファニーは非の打ちどころのない花嫁候補の役を完璧に演じてくれたよ。だが、それも薬指に指輪をはめるまでだった。僕は彼女ではなく、彼女の作った幻影に恋したんだ。甘い言葉や態度にすっかりだまされていた。寝室でも彼女は名優だった。否定はしない、最初はのぼせ切っていた。だが、ハネムーンのときから、もう変だと感じ始めていた。彼女はショッピングにしか興味がなかったんだ。正体を知る決定的なときを待つまでもなく、僕の目のくもりは取れ始めた。本当の彼女を知ってから、それでもずいぶん長い間、心の痛みを彼女への失恋のせいだと思い込んでいた。今思えば自尊心を傷つけられた痛みだったんだな。君に恋してからわかった。彼女に感じていたのは真実の愛なんかじゃなかった。薄っぺらなまがいものの愛だ」

「私に感じているのは真実の愛なの？」

「嘘いつわりのない、最高の愛さ」

「ああ、マーカス。今度は私が泣きそうよ」

「幸せの涙だと思っていいのかい？」

「もちろん」

「すぐそっちに行く」

「だめよ、マーカス。まだたくさん仕事があるの。それをやらなくちゃ。終わったらすぐに行くわ」

「じゃあ、お母さんに今夜は帰らないと電話をしたほうがいいな。僕の愛の深さを君に知ってもらうには、何時間もかかりそうだからね」

「マーカスったら……いいわ、すぐに電話する」

「ショットガンを持って追いかけてこないかな」

「そんなことないわ」

「残念だ」マーカスはつぶやいた。

「え？」

「なんでもない」自分が欲しいのはジャスティンの愛だけだとマーカスは思っていた。だが、そうではない。彼女には僕の妻になって、僕の子供を産んでほしい。それもいつかではなく、近いうちに。

とは言うものの、彼女はまだ若い。僕にはせかす権利も、彼女が抱いている計画を捨てて僕についてきてほしいと言う権利もないのだ。我慢するしかない。我慢して彼女の〝いつか〟を待つしか。

その間は……。

「本当にこっちに来てくれるんだね」体は早く彼女を抱きたくてうずうずしていた。「約束してくれ」

「約束するわ」

ジャスティンはマーカスに抱かれたまま、彼の寝息を聞いていた。こんな幸せは初めてだった。ついさっきまで彼は情熱といたわりを込めた、これまでとはまた違ったやり方で私を愛してくれていた。キスや愛撫《あいぶ》のひとつひとつに優しさがあり、それは体を通して魂にまで伝わってきた。どんなに愛しているかを言い続けながら彼が入ってきたときには、涙があふれてきた。あとで彼にしがみついてすすり泣くと、彼は濡れた頬にキスをしてくれた。その日には愛の輝きがあった。本当に心から愛してくれている。私が心から愛しているように。

まだ結婚してほしいとは言われなかったけれど、でも言ってくれる。いつの日か。時が来たら。

その日が来るのに、まだ少しかかることはわかっていた。過去の傷が深いから、マーカスは何をするにも性急な行動は起こさない。本当のところ、ジャスティンにしても自分がステファニーとは違うと証明できる時間がもっと欲しかった。今はこれからの挑戦がとても楽しみに思える。下宿屋の切り盛りや、夜間の大学を卒業すること。そしてここ数カ月で起こってきた変化――裕福でわがままな娘から、自立した自信の持てる大人の女性へのジャスティン・モンゴメリーの変身も完全なものにしたい。

無知で能天気で、一ドルの価値も、働いて一日を過ごす術《すべ》も知らなかった自分には戻りたくない。ハワード・バースゲートやほかのデートした男の子たちに対しても、今となればひどいことをしたように思う。私はずうずうしくも彼らを利用していた。かといって、あの男の子たちに罪がないと言う気はなかった。父が死ぬと、彼らはすぐに見向きもしなくなった。しょせんその程度の愛情だったのだ。ハワードのような男は、少し父に似ている。人あたりはいいが、道義心が薄い。彼らにかかれば、結婚はときにお金を手にするための手段でしかなく、真実の愛とは時代遅れの概念、セックスはどこででも手に入る商品となる。

一方マーカスは、人あたりはそれほどよくないけれど、道徳心が厚い。こっちのほうがずっといいバランスだ。ジャスティンはふっと満足の息を吐くと、満たされた深い眠りへと落ちていった。

しかし、この幸せは長くは続かなかった。夜明けにはジャスティンを悲劇が待ちかまえていたのだ。

16

　ジャスティンは風の音で目が覚めた。木が揺れて、寝室の窓に葉を打ちつけている。ベッドサイドの時計を見ると、午前十一時二分前だった。帰ると母に約束した時間を、もう二時間も過ぎている。

「マーカス」そっと彼の脇腹《わきばら》をつついた。

　マーカスは、ううんとうなった。

「寝たかったら寝ててね。私は起きて帰るから。今日はたくさん仕事が待ってるの。明日には最初の下宿生を迎えるのよ」

　マーカスはあくびをして手足を伸ばした。

「このうるさい音は？」

「風よ。でも残念ながら雨は降ってないわ。真っ青な空で今日もいいお天気」

「まったくおかしな天気だ。僕が君におかしくなってるのと同じだな。さあ、そばに来ておはようのキスをしてくれ。とてもきれいだよ」

「だめ。やめて！」ジャスティンは彼を避けた。「あと十五分でここを出ないと、母に殺されちゃうわ。本当はずっと前に帰ってるはずだったのよ」

マーカスはにっこり笑うとすばやくキスをした。「ゆうべ電話したとき、ショックを受けてた？」

「母が？　ううん。いつも好きにさせてくれるもの。私が何をしたってショックは受けないわ」

「賢いお母さんだ」

「賢いのかどうか。どっちかというと、夢見がちでぼんやりしている感じよ」

「でもすてきな女性だ」

「ええ」ため息をついた。「かわいそうに、この二カ月間は精神的にずたずただったと思う」

「ジャスティン、君はお母さんを見くびってる。お母さんは立派に乗り越えてるよ」

「そうね。トムだけど、母に気があるみたいなの」

「あの庭師のかい？　いい人に見えたけどな」

「いい人よ」

「なら問題ないじゃないか」

「母は父に夢中だったわ。また誰かを好きになれるとは思えないのよ」

「おかしなものだな。僕とステファニーのときも、まわりは同じことを言っていた」彼女がさっと見返すと、マーカスは大きく顔をほころばせた。

「でも彼らは間違っていた。さあ、シャワーを浴びておいで。僕は寂しくゆうべのことを思い返してるよ」

「寂しがってる間にラジオをつけて、お寝坊さん。週末の天気予報が聞けるかもしれないわ」

二十分後、マーカスは動転してリンドフィールドへと車を急がせていた。助手席には顔面蒼白《そうはく》のジャスティンが座っていた。さっきのラジオからは天気予報だけでなく、十一時のニュースも流れてきたのだ。アナウンサーの言葉が今でも耳に残っている。

どこかの気の触れた人間が、夏中シドニー郊外周辺で起こっていた森林火災だけでは飽きたらずに、レーン・コーブ川に沿った国立公園に火をつけた。風速三十五メートルという暴風が、消し止められたはずの炎を手のつけられない状態にまで大きくした。火は風下へどんどん燃え広がっている。

森林火災が市街の住宅域にまでせまってくるなどとても信じられないことだったが、ラジオによればそれが現状だった。もう数戸が焼け落ちているという。実際に被害が出た上、今なお延焼の恐れがある地域として、リンドフィールドも挙げられていた。マーカスは不安だった。ジャスティンの家は裏がすぐ国立公園だ。一番危ない場所じゃないか！

車が家のある通りに近づくにつれて、ジャスティンはますます恐ろしくなってきた。空には緑がかったすさまじい黒煙が広がっている。木が燃えているだけならいいのに。でも、もっと悪いことになっていそうだった。家が焼け落ちるなんて悪夢だ。母の安否を思うと、胃が重苦しくしめつけられる。

神様――十歳のときから祈りを忘れていたマーカスだったが、今は神に祈った。ジャスティンの母親を災厄からお守りください。それにあの家も。どちらも守ってくださるなら、今後ジャスティンに無理やり結婚を急がせたりはしません。避妊も毎回ちゃんとして、うっかりしたなどと都合のいい言いわけはしません。

通りに入ることはできなかった。警察の車がふさいでいたのだ。説明されるまでもなく、最悪の事態になっているとわかった。通りの先で家が燃えているのが見える。ジャスティンの家の向かいだ。この風では通りの反対側に燃え移るのもすぐだろう。突然はっと気づいた。風向きからすると、道の反対側はすでに燃えたあとだ。マーカスは身がすくんだ。

「マーカス」ジャスティンがひと言、愕然《がくぜん》とした声を発した。

車を横道に入れて止めると、二人は走って家のある通りへと戻った。警察が封鎖している手前に、たくさんの人が集まっている。どの顔も激しいショックを隠し切れない様子だ。

ジャスティンがいきなり腕をつかんだ。

「マーカス、見て、母だわ！　無事だったのよ、神様！」

マーカスも神に感謝した。だが、まだ家の問題がある。全焼しているとしたら、これからどうなるのだろう。彼女はショックで打ちのめされるだろうし、ジャスティンにしても同じだろう。アデレードはマーカスが思っていたよりはるかに繊細で感じやすい。その証拠に、今も、みるみるうちに目に涙をあふれさせた。「泣いちゃだめだ、ジャスティン。お母さんのために君がしっかりするんだ。家がどうにかなっていたとすれば、なおさらだ」

「そう……そうね、マーカス。泣いちゃだめよね。しっかりしないと。ただの家だわ。母は無事だった。それだけで、もう十分なのよ」

マーカスは彼女のしっかりした態度を誇らしく思った。母親のために気丈でいようという決意が、目にもはっきりとあらわれている。それでも、彼女の腰にいたわるようにまわした手は離さずに、マーカスは警官と口論している母親に近づいていった。

声が聞こえるなり、ぼんやりした母親だなどとんでもないと思った。彼女は娘のことで半狂乱になっている。それでも相手に言うことを聞かせようと懸命になっているようだ。

警官は弱り切っていた。

「だから、通してちょうだいって言ってるでしょ。娘は今朝早くに帰ると言ってたのよ。ジャスティンは約束をちゃんと守る子なの。約束するわ、ばかな行動は起こさない。ただ、私は娘の安否が……」

アデレードは振り返った。ジャスティンが肩をたたいて「ママ」と呼んだのだ。

その表情がすべてを物語っていた。この世に母親の愛情に勝るものはない。マーカスは自分が得られなかったものを思って一瞬悲しくなったが、すぐに、将来自分の子供を産んでくれるはずの女性がこんな優しい母親に育てられていたことを感謝した。

「まあ、ジャスティン！」アデレードは両頬を震わせた。「どんなに心配してたか」娘の両腕をつかみ、それからしっかりと抱きしめる。「無事だったのね。トム、見て。私の大事な娘が無事だったわ」

「よかった」それまで横で黙って立っていたトムが前に進み出た。

トムが母親の肩を抱くとジャスティンは彼をじっと見つめた。母親が素直に体をもたせかけると、目を丸くした。そこに一瞬前の、強い母の姿はなかった。マーカスの目の前にいるのは、昔からのアデレード――現実から優しく庇護《ひご》してやらなければならない、か弱い女性だった。

「家はだめだったよ、ジャスティン」トムが言った。

「そんな」声を詰まらせる彼女を、マーカスはぎゅっと抱いて支えた。「何か……運び出せたの？」

「いや。お母さんと来たときにはもう立入禁止になっていて、通してもらえなかった」

「来たときって、どういうこと？」ジャスティンは母親を見やり、そしてまたトムへと視線を戻した。

頬を染めるアデレードの横で、トムが姿勢を正す。澄んだ瞳に信念の強さがうかがえた。

「お母さんは昨日、私の家に泊まったんだよ、ジャスティン」

「と……泊まった？」こんなときでなかったら、マーカスは彼女の驚きようをおもしろいと感じたことだろう。

「お母さんと私は愛し合ってる」あっさりとした言い方だったが、とても感動的だった。マーカスはトムが好きになった。アデレードには、グレイソンのような男より、ずっといいパートナーになるだろう。

「愛……」ジャスティンはぼんやりとくり返した。

「そうよ」ようやく口をはさんだ母親は、恥じらいながらも大胆に言い切った。

「あなたとマーカスのようにね。結婚するの。ゆうべトムに申し込まれて、イエスと答えたわ。式はすぐに挙げようと思うの。この年でぐずぐずしている理由はないでしょう」

「でも……家のことは？」

沈んだ表情になったアデレードだが、途方に暮れている様子ではなかった。「とてもショックよ。あなたの気持を思うとつらいわ。あの家が大好きで、手放したくないとあんなに頑張ってたんですもの」

ジャスティンのうろたえぶりと脱力感が手に取るように伝わってきた。彼女は自分のためというより、母親のために家を守ろうと頑張っていたのだ！

「でもただの家よ」アデレードは続けた。

「それに、しっかり保険もかけてあったわ。マーカスが融資の前に手続きしてくれたの。私のことは、トムがすぐにでも越してくるように言ってくれているし。それでどうこう言われる世の中でもないでしょう」

「だけど……ママのいろいろなものは？　おばあ様の宝石は？」

「宝石は全部銀行の貸金庫よ。話してなかった？　マーカスに、ふだん身につけないのなら、安心できる場所に保管したほうがいいと言われたの。家に何人も新しい人が入ってくるんだからってね。まあ、すっかり忘れてたわ！　下宿先がなくなったと知ったら、かわいそうに学生たちはどうするかしら」

「なんとかしますよ」マーカスはさらりと答えた。そしてあなたもね、アデレード。彼は心の中で言った。だけど、あなたの娘さんはどうでしょう。こうして放心状態です。家と自分の夢を一度に失ったんですよ。「トム、アデレードとジャスティンをあなたの家へ連れていきましょう。ここにいてもできることはない。いつ戻れるか、僕が警察にきいておきますよ」

トムの住まいはすばらしかった。ジャスティンの家から通りをいくつかへだてただけで場所も近く、広々とした敷地に見事な庭があって優雅な雰囲気だ。昔から庭師をしていたわけではないのだと、トムはお茶とケーキを前に、身の上を話してくれた。一時期は大手食品会社の中間管理職をしていたという。だが五十一歳のときに会社が買収されて、彼は退職を余儀なくされた。十分な退職金をもらったが、隠退生活をする気にはなれず、庭師の道を選んだ。仕事というより趣味だったらしい。彼と結婚すれば、アデレードは間違いなく満ち足りた生活が送れるだろう。愛情面でも生活面でも。

一時間ほどすると、ジャスティンにも少しながら落ち着きが戻ってきてマーカスは喜んだ。だが家のことでは、やはり母親よりずっとこたえている。顔色が青く、目に苦悩の色が見える。

ここで母親と一緒なのはあまりよくないのではないか。アデレードは今までの家と生活に、精神的にも情緒的にもしっかりと決別し、鈍感かとも思える明るさでトムや将来のことについて話し続けている。

現実に対処するアデレードなりの方法なのだろう。だがジャスティンにはそれができない。彼女には家をなくし、家にまつわるすべてを失った悲しみを、思い切り外に吐き出させてやることだ。そろそろ家の様子を見に戻ってもいいころだよ、とマーカスが小声で言うと、彼女はうなずいた。

　予想以上のひどさだった。家は真っ黒でびしょ濡《ぬ》れだった。消防車がまだ止まっていて、手を触れないよう注意されたが、厚い石の壁では、もとよりくずれてくることもない。家財は全滅だった。灰になったか、もしくは原形をとどめなくなるまで溶けたりゆがんだりしている。

「マーカス、こんなことって……」がれきの中をそろそろと歩きながら、ジャスティンは涙声で同じ言葉ばかりをくり返した。

　階段があったはずの場所をじっと見つめた彼女は、そこで初めて泣き出した。マーカスは胸に抱き止めて思い切り泣かせてやった。彼女には泣くことが、胸の内を全部吐き出して悲しむことが必要なのだ。

　家へと走る車の中で、ジャスティンはまったくの無言だった。向かう先はマーカスの家だ。彼女をトムの家に戻すつもりはなかった。今夜のところは。

　家に着くと強い酒を注《つ》いで彼女の手に押しつけた。

「お母さんに腹を立ててはいけないよ」飲み終えたジャスティンに、マーカスは言った。

「腹は立ててないわ」ジャスティンはため息をついた。

「母はこれまでと同じことをしているだけ。現実を無視して、すべてが丸くおさまると思い込もうとしているの。でも、たぶんそのとおりになるわ。トムはいい人だし、母は彼とならきっと幸せになれる。ただ、たまらないの。この気持をどう説明したらいいのか。家にあった私の人生が消えてしまったのよ。写真も思い出の品も。もう何もないの。なんだか、自分まで存在しなくなった気がして」

「存在しない？　ばかだな、ジャスティン。君は僕が出会った誰よりも存在感がある。君が部屋を歩けば、周囲にさっと温《ぬく》もりが広がる。一気に明るくなる。君には人の心を惹《ひ》きつける魅力的なオーラが備わっているんだ。君は生命そのものだ。だが君の言葉もわかるよ。母の写真があれば、僕もどんなにか大切にしただろう。だけどね、君の昔にかかわる写真は、君が考える以上にまわりにはたくさんあるはずなんだ。友だちが持ってる。親戚《しんせき》も、昔のクラスメートも持ってる。プロはネガを何十年も保存するが、ふつうの人だって同じだ。写真は集められるよ。その前に、君をちょっとびっくりさせてあげよう。あれを見れば少しは気が晴れるんじゃないかな」

「何かしら？」

「百聞は一見にしかずさ」マーカスは笑みを浮かべながら彼女を広い奥の部屋へと案内した。一週間ばかり前までは何も置いていなかった部屋だった。

ドアを開けて彼女を中へ招き入れる。彼女は目を丸くして、喜びに声を詰まらせた。

沈んだ顔がたちまち歓喜に輝き出す。自分はこの瞬間をきっと忘れないだろう、とマーカスは思った。

「おばあ様の遺品！　すっかり忘れてたわ。ああ、マーカス。とてもすてきな驚きだわ！」ジャスティンは部屋を走りまわって、泣いたり笑ったりしながらひとつひとつに優しく手を触れていった。

「このために結婚を無理強いしようというんじゃないからね」マーカスはからかった。ジャスティンがさっと顔を上げて目をいたずらっぽくきらめかせると、マーカスの心臓が大きく跳ねた。僕の愛する人が、明るく、大胆ないつもの彼女が戻ってきた。

「今のはプロポーズかしら。それともえさで釣ってるの？　無理に言うことを聞かせるつもりじゃないでしょうね、マーカス・オズボーン」

「君は言うことを聞いてくれるのかい」

体を揺らしながら、彼女がゆっくりと近づいてきた。緊張がマーカスの喉元に込み上げる。「物じゃだめよ」彼女はささやき、爪先立ってマーカスの首を抱いて体を密着させた。

「だけど、ゆうべのように愛してくれたら、私は永久にあなたのものだわ」

「今度は君がえさで釣るのか」

「いいえ、これは約束よ」

彼の目に浮かんだ表情に、ジャスティンは心を打たれた。母の正しさをこのとき悟った。大事なのは愛だわ。家も、物もいらない。愛さえあれば……。

「式は明日、というのは早すぎるかな」マーカスがせっかちにきいてきた。

ジャスティンは笑った。「そんなに早くては無理よ。法的にきちんと結婚はできないわ」

「何事もやる気次第さ」

「じゃあ急ぎましょう。でもその前に……」


それから七日後、ジャスティンは特別な手続きでマーカスの妻になった。それもこれも、彼が妊娠を口実にしてあれこれの手段を講じた結果だった。あとになってわかったのだが、厳密に言えば彼の嘘《うそ》は嘘ではなかった。二人の初めての子供は――女の子だった――八カ月と三週間後に生まれ、マーカスが焼失した家の跡地に建てた新居への引っ越しに、ちょうど間に合う形となったのだ。新居は前の家をそのまま復元して建てられていた。

幸せに満ちた家だった。大きくカーブした階段の手すりを、祖母がつき添うときだけ、子供たちはすべって遊んだ。祖母がどんな悪ふざけも黙って見過ごす一方で、母親のほうはがぜん厳しかった。父親がいくら、お母さんは昔、授業をサボる勝手気ままな娘だったとか、セクシーな格好でお色気を振りまいていたと言っても、子供たちは絶対に信じなかった。よその女の人の話でしょう、と。

　しかし子供たちがぐっすり眠り、寝室で夫婦二人きりになると、母親にある変化が起こる。マーカスに抱かれて変身し、真実の愛と出合えた幸運をかみしめる女性へと変わるのだ。子供たちがこのときの母親を見たら、さぞびっくりしたことだろう。びっくり仰天したに違いない。

●本書は、1999年9月に小社より刊行された作品を文庫化したものです。

炎と燃えた夏
2016年8月1日発行　第1刷

著　者　ミランダ・リー

訳　者　小長光弘美（こながみつ　ひろみ）

発行人　立山昭彦

発行所　株式会社ハーパーコリンズ・ジャパン
東京都千代田区外神田3-16-8
03-5295-8091（営業）
0570-008091（読者サービス係）

印刷・製本　大日本印刷株式会社

 ISBN978-4-596-93749-0

ハーレクイン文庫

「ある出会い」

ヘレン・ビアンチン ／ 本戸淳子　訳

事故を起こした妹を盾に、ステイシーは脅されて、２年間、大富豪レイアンドロスの妻になることになった。望まない結婚のはずなのに彼に魅了されてしまう。

「婚約のシナリオ」

ジェシカ・ハート ／ 夏木さやか　訳

秘書のフローラは、友人に社長のマットが恋人だと嘘をついてしまう。だが意外にも、マットからもお見合いを断るために、婚約者を演じてほしいと頼まれる。

「ポプラ屋敷」

パトリシア・レイク ／ 三木たか子　訳

孤児シーナに、友人が、住みこみ家政婦の仕事を紹介してくれた。すてきなお屋敷で一目で気に入るが、その家の主人も魅力的すぎてシーナは戸惑いを隠せない。

「緋色のシンデレラ」

エマ・ダーシー ／ 伊坂奈々　訳

ツアーガイドのションテールは大富豪ルイスの元に赴く。旅先で政変が起こり、出国するために助けが必要になったのだ。だがルイスに愛人関係を求められ…。

「苦しみのあとに」

アン・メイザー ／ 天野　恵　訳

ローラは、昔の恋人の館を訪れていた。新聞で家庭教師の公募を見つけるや会いたくて、矢も楯もたまらず来たのだ。ただ彼との恋を終わらせるために…。

「ファインダー越しの瞳」

ノーラ・ロバーツ ／ 瀧原沙織　訳

写真家ブライアナは、報道カメラマンのシェイドと２人で、３カ月間、アメリカ各地を撮影することになった。気難しいシェイドには何かいわくがありそうで…。

ハーパーBOOKS

『プリティ・ガールズ 上／下』

カリン・スローター
堤 朝子 訳

最愛の夫を目の前で暴漢に殺されたクレア。葬儀の日、彼女は夫のパソコンの不審な動画に気づく。それは行方不明の少女が拷問され陵辱される殺人ビデオだった！

『イレーナの帰還』

マリア・V・スナイダー
宮崎真紀 訳

幼い頃に拉致されて以来、14年ぶりに故郷に戻ったイレーナ。両親と涙の再会を果たすも、兄を始めとする他の者に密偵と疑われ…命懸けファンタジー第2章！

第1章

『8番目の子』

キム・ファン・オークメイド
矢沢聖子 訳

４歳にして孤児になったユダヤ人少女レイチェル。ある日、預けられた施設で“治療”を受けることになるが、それが残酷な実験だとは思わず……実話が基の意欲作。

話題作が
続々
好評発売中

＊ハーパーBOOKSは文庫コーナーでお求めください。